DIE ENTEN, DIE FRAUEN
UND DIE WAHRHEIT

Katja Lange-Müller

Berlin, 1.7. 2005

KATJA LANGE-MÜLLER

DIE ENTEN, DIE FRAUEN UND DIE WAHRHEIT

Erzählungen und Miniaturen

Kiepenheuer & Witsch

1. Auflage 2003

© 2003 by Verlag Kiepenheuer & Witsch, Köln
Umschlagestaltung: Philipp Starke, Hamburg
Umschlagfoto: © photonica/Johner
Gesetzt aus der Walbaum Standard (Berthold)
bei Kalle Giese, Overath
Druck und Bindearbeiten: GGP Media, Pössneck
ISBN 3-462-03215-1

INHALT

DIE ENTEN, DIE FRAUEN
UND DIE WAHRHEIT

MOSKAU, FÄHRTEN UND GEFÄHRTEN

Schwierig ist es, aber schön – durch Moskau zu laufen, besonders im Winter. Ein Abenteuer für die nicht mehr nüchterne (nirgends schmeckt der Wodka besser als hier und nie besser als im Winter), nicht mehr junge, aus mindestens diesen beiden Gründen nicht mehr gleichgewichtssichere Frau auf den profillosen Sommersohlen ihrer Halbschuhe. Sie, also diesmal ich, kann aufs Maul fallen jeden Moment; unter dem auch gerade gefallenen Schnee kann dünnes Eis sein – über einer großen Pfütze in einem tiefen Asphaltloch, einem pflastersteinlosen Tal im Bürgersteig, einem Baugrübchen, wer weiß wie alt, in der viel getretenen, dennoch zu einem schiefen Grinsen verzogenen Visage der einen oder anderen Straße. – Doch, die Gehwege sind die Visagen der Moskauer Straßen, denn die müssen die Fußgänger oder Fußgängerinnen im Auge behalten bei jedem ihrer Schritte, von denen nämlich droht die größte Gefahr, womöglich die einzige.

So, laufend, schlitternd, strauchelnd und immer fröhlich gefaßt auf Platzwunde oder Gipsarm, manövriere ich mich zu einem der Eingänge der Metro-Station Novokusnetzkaja; ich will zum Zoo heute, weil ich nicht mehr Straßenvisagen sehen will, sondern die von Menschen, jenen Menschen, die Tiere sehen wollen.

In den Gängen zu den Perrons laufen Menschen vorüber oder nicht vorüber an Menschen, die Bildchen verkaufen oder Blumen oder ausgelesene Hefte oder junge Katzen. Andere Menschen gehen vorbei an anderen Menschen, die auch dastehen, dasitzen, daliegen, obwohl sie nichts zu verkaufen haben. Sie bemühen sich allein um ein paar Rubel oder lassen sich von Hündchen helfen beim Betteln oder beim Geben. Und einen sehe ich, einen Mann ohne Beine, der hat etwas, was ich noch nie gesehen habe, einen zahmen Spatzen. Spatzen, glaubte ich bis zu jenen Sekunden im Vorübergehen, seien nicht domestizierbar. Erstaunt verlangsame ich meinen Schritt, ziehe einen Schein aus der Jackentasche und muß Durs Grünbein recht geben, der schrieb, das Gesicht einiger Moskauer Spatzen erinnere an das des Genossen Lenin. Und in Moskau, da müßte nun Durs mir zustimmen, leben viel mehr Spatzen als in Berlin. Und ja, Durs, all die Spatzen sehen Lenin ähnlich – wie ich jetzt weiß, aber du vielleicht nicht –, selbst die in Berlin. Könnte es denn sein, daß sämtliche Spatzen auf unserer ganzen großen Erdkugel Lenins Züge tragen? Und wenn, was hätte das zu bedeuten?

Warum komme ich hierher? Ich kann Zoos nicht ausstehen, am wenigsten die in den Hauptstädten. Zoos sind die Ziele familiärer Ausflüge, dahin bringen Mütter und Väter ihre Kinder, Großeltern ihre Enkel. Was zieht die Leute in den Zoo? Haben die wirklich nur Tomaten auf den Augen und Schuppen auf den

Seelen, wenn sie die Kinder animieren, über die drolligen Pinguine zu lachen? Oder verbergen sie hinter ihren interessierten Gebärden das fieseste allen Mitleids: Mir, Ozelot, geht es schlecht, ich habe einen Mann, den ich so wenig ausstehen kann wie er mich. Doch schau, einsamer Ozelot, ich habe von ihm diese liebe Tochter, die dich für eine riesige Mieze hält. Und mein Mann, verstehst du, er trinkt wohl ein bißchen viel, aber er ernährt uns, gibt uns Geld, damit wir ins Kino gehen können oder dich besuchen. Du, Ozelot, könntest uns nicht besuchen. Ohnehin kämst du nur, um uns zu beißen, zu fressen vielleicht. Bilde dir bloß nichts ein; die Kleine würde dir und mir sowieso nicht glauben, daß du sie fressen willst oder mich. Und vielleicht willst du das auch gar nicht, vielleicht hast du längst vergessen, daß du ein Ozelot bist, womöglich hast du ja nicht einmal mehr Zähne. Jedenfalls kannst du uns nicht beißen, nicht jetzt, nicht bald, nie mehr, denn du bist eingesperrt, dafür, daß du ein Ozelot bist. Ach, Ozelot, armes Schwein, nichts kannst du. Ich, weißt du, sehe auch bloß aus wie ich, doch ich bin wenigstens Mutter. Aber du, Ozelot, du erinnerst nur an einen Ozelot, der sich an nichts erinnert. Du bist nichts als eine Metapher für die Gefangenschaft, eine Metapher unter vielen hier im Zoo.
Ich kann keine Gedanken lesen. Was ich der üppigen Frau, die neben mir ein Mädchen umarmt, auf die Zunge lege, sind Worte, die *ich* soeben gedacht habe.

Das Mädchen trägt eine rote Kappe, aber keinen Korb mit Kuchen und Wein, und der Ozelot ist weder ein Ozelot noch der Böse Wolf. Wir stehen vor dem etwa fünf mal fünf Meter großen Gehege des Schneeleoparden, immerhin einem nahen Verwandten des Ozelot und auch des Leoparden, des Löwenpanthers. Der Schneeleopard ist eins der wenigen Tiere, die sich blicken lassen an diesem für Moskauer Verhältnisse nicht einmal sonderlich kalten Dezembertag. Und wie er sich blicken läßt! Er tut nichts anderes als alle Leoparden in allen Zoos der Welt, jedenfalls denen, die ich bislang besuchte, er tigert mechanisch hin und her, sechs Schritte nach links, sechs Schritte nach rechts, lässige Schritte, die er graziös abrollt auf großen, weichen Pfoten. Doch diesen hier hält nicht ein Gitter von uns fern oder Eisengeflecht, durch das er uns zumindest riechen könnte; nein, der haust hinter einer Glasscheibe, die beschlagen, stumpf, ja blind ist – in Höhe seiner Stirn, weil er immerfort seinen Schädel daran entlangschiebt. Ganz fest preßt der Schneeleopard sein dampfendes Maul an die Schaufensterscheibe, die uns trennt; ganz deutlich sehen wir seine rosige Nase, seine Ohren, seine Augen mit den klaren, aber blicklos ins Nichts starrenden elliptischen Pupillen, mal das rechte Ohr und das rechte Auge, dann wieder das linke Ohr und das linke Auge. Alle sechs Schritte, wenn der Schneeleopard kehrtmacht, um zurückzulaufen oder vor, gibt er der Glasscheibe mit der einen

14

oder der anderen Schläfe einen kleinen, fast spiele-
risch wirkenden Schubs, kaum heftiger stößt eine
Hauskatze ihren Kopf gegen die Waden des Menschen, von dem sie ihr Fressen erwartet, und doch
schwingt die Scheibe ein wenig davon; ich höre sie sogar summen, als ich für einen Moment meine Wange
an das kalte Glas lege. An einer Stelle ist die Glasscheibe, offensichtlich eine, deren Konsistenz der von
Autofrontscheiben ähnelt, ein wenig versehrt. Um
einen konvexen Trichter, der womöglich ein kleines
Loch werden sollte, ziehen sich feine, kreuzspinnen-
netzartige Risse, wie auf dem Abbild eines Wasser-
spiegels, den soeben ein Steinchen getroffen hat, und
ich glaube nicht, daß der Schneeleopard derjenige
war, der das bewirkte. Dennoch weichen wir, jetzt, da
wir von dem Scheibenschaden wissen, ein Stück zurück, das Mädchen, das wie Rotkäppchen aussieht,
die rundliche Frau, der ich meine Gedanken geliehen
habe, und ich, die mit der Zoo-Aversion.

Der nicht allzu große Moskauer Zoo will einer Mär-
chenfestung ähneln, was nicht verwundert in dieser
Stadt. Eine geschwungene Betonbrücke, deren hohe
Einfassung einige Tierplastiken zieren oder zieren
sollen, verbindet die beiden Teile der Anlage miteinander. Zwischen künstlichen Felsen, in denen
sich Volieren befinden und die Winterquartiere des
nicht frostsicheren lebenden Inventars, liegt ein
künstlicher, nierenförmiger See, auf dem, wie zu

erwarten war, Enten herumwatscheln, denn der See ist zugefroren, was auch keine Überraschung ist. Um den See herum führt ein Weg vorüber an Gehegen und an Buden für alles mögliche, Limonade, Konfekt, Piroggen, Hot dogs, Zigaretten und jede Menge Tiere darstellendes Spielzeug. Die Zahl der wollenen, hölzernen oder in Kunststoff gegossenen Viecher hinter den beschlagenen Scheiben der Kioske und unter den Markisen der Verkaufsstände dominiert bei weitem die der Originale, die für all die mehr oder weniger lustigen Figuren die Modelle abgegeben haben. – Größer kann ein Kontrast kaum sein als der zwischen dem bunten Krempel in Bären-, Hunde-, Affen-, Tiger- oder Vogelgestalt auf der einen Seite des Weges und den winterfellweißen oder eher grauen oder mehr braunen, entweder sinn- und ziellos an den Innenkanten ihrer Verschläge entlangschnürenden oder stoisch im Geäst der kahlen Bäume hockenden Kreaturen auf der anderen. Die Tiere, die falschen und die echten, gehören antagonistischen Lagern an, wie Schachfiguren, die aber weder nur von hellstem Hell noch nur von dunkelstem Dunkel sind und weder richtig tot noch wirklich lebendig, denke ich, zwischen ihnen wandelnd, – und einen König oder eine Königin haben sie auch nicht. Ich erwerbe eine Elefantenmarionette Made in Taiwan, mit der ich nie spielen, die ich nicht einmal zu verschenken wagen werde. Weil ich weiß, daß kaum noch Wodka in meinem Flachmann ist, hätte ich lieber etwas zum Auffüllen genommen, aber Schnaps gibt es keinen im Moskauer Zoo.

Wo sind sie geblieben, Rotkäppchen und seine Mama? Wir folgen ein paar Menschen, mein Elefant und ich, und gelangen zu einem der Betonhügel, vor ein orientalisch geschwungenes Tor, das mich hoffen läßt, wir fänden uns gleich in einer »Sesam öffne dich!«-Attrappe wieder und nicht in einem potemkinschen Kyffhäuser. Aber schon schlägt uns Stallwärme entgegen und ein ätzender Geruch. Und als ich über den uns abgewandten Köpfen der traubenweise herumstehenden Leute die Wipfel von Plastikpalmen entdecke und seltsame Schreie das allgemeine Volksgemurmel durchdringen, weiß ich, wir sind im Tropenhaus, bei den Affen.

Auf dem breiten Brett einer Schaukel hockt eine Grüne Meerkatze, die intensiv damit beschäftigt ist, einen Granatapfel zu zerlegen. Doch sie frißt nicht, sondern wirft die roten, klebrigen Kerne, und ebenso die Granatapfelschalenstücke, nach einer Schnurrbart-Meerkatze, die – mit Kernen und Schalen von mehr als dem einen Granatapfel bestreut – in Embryoposition auf dem Lattenrost des Käfigs schläft – oder sich, wie die zuckende Spitze ihres langen Schwanzes vermuten läßt, bloß schlafend stellt und uns ihren blanken, schwieligen, blauviolett verfärbten Hintern präsentiert. Sie ist also ein paarungsbereites Weibchen, doch eins ohne einen Artgenossen oder wenigstens eine Geschlechtsgenossin von ihrer Art. Am Meerkatzen-Schaukasten prangt ein rundes Schild: »Sponsored by NIVEA.«

Im Nachbargehege sitzen, vor einer mit Dschungelblüten, Bergen, Himmel bemalten Betonwand, drei Berberaffen nebeneinander auf einem kahlen Buchenast, wie Hühner auf der Stange, und zeigen uns auch nichts als die kalten Schultern. Ein etwa vierzehnjähriger Junge pocht an die Scheibe, leise, wohl weil er die Affen nicht erschrecken, aber doch dazu animieren will, daß sich wenigstens einer von ihnen einmal umdreht. Obgleich der Junge sich vergeblich bemüht und nun – unleidlich werdend – mit den Fingern beider Hände ein wildes Stakkato gegen das Glas trommelt, gebietet ihm niemand Einhalt, denn irgendwie sind die Menschen alle sauer auf diese so gar nicht kommunikativen, ja verächtlichen Tiere. – Da hat man nun Eintritt bezahlt, trotz der Stiefel kalte Füße bekommen, sich strikt an das alle drei Meter schriftlich erteilte Fütterverbot gehalten, nur um Tiere zu gucken, und was geschieht? Nichts. Die Tiere würdigen ihr Publikum keines Blickes oder verstecken sich sogar. Wahrscheinlich, denke ich, bilden sich die meisten von uns nur ein, sie kämen hierher, um Tiere anzusehen, aber wirklich wollen wir, daß die uns bewundern, unsere schönen Kinder, unsere rosigen Wangen, unsere putzigen Mützen und unsere warmen Pelzmäntel.

Ein einziger nur, einer aus der einzigen hier deponierten Primatenfamilie, einer von den insgesamt vier Angehörigen einer Orang-Utan-Gruppe, benimmt sich anders als alle anderen. Es ist, wie ich mit viel Geduld und Neugier schließlich ermittle, ein noch junges Männchen, vor dessen Zwinger eine solche Menge Schaulustiger steht, daß, von dem Auflauf magisch angezogen, immer noch mehr hinzukommen, die dann lange warten müssen in dritter, vierter, fünfter Reihe, bis weiter vorn einmal ein Platz frei wird, einer, von dem aus man sehen kann, was die anderen so fesselt. Während die drei übrigen Mitglieder seiner Bande, den allgemeinen Konventionen unter den hiesigen Tieren folgend, sich weggedreht im Hintergrund halten, liegt, nein, lümmelt dieser halbstarke Orang-Utan in der linken vorderen Ecke des Kastens. Nur die etwa zwei Zentimeter dicke Spezialglasscheibe ist zwischen seiner muskulösen, gelbbraun behaarten Schulter und den Frauen- und Kinderhandflächen, die von der anderen Seite gegen das Glas drücken. Die Menschen rufen einander Bemerkungen zu und lächeln, denn der Orang-Utan spielt für sie ein Spiel, das sie womöglich kennen; in meiner Sprache heißt es Blindekuh. Der Menschenaffe, den ein Mädchen Sascha nennt und Saschenka, hat sich die Banderole eines Mineralwassers namens Borshomi über die Augen gelegt. Er schiebt seine sehr bewegliche Unterlippe weit vor und pustet ganz behutsam gegen den Papierstreifen, bis das Papier ein wenig zu flattern beginnt und eines der kleinen Orang-Utan-Augen freigibt, das die eingemummten

Kollegen oder besser Vorgesetzten da draußen auch nicht anschaut, aber so merkwürdig funkelt für diesen Moment. Dann, als die Borshomi-Banderole ins Rutschen kommt, greifen die Finger seiner rechten Hand schnell danach und schieben sie zurück, mitten in sein Gesicht; Sascha, wenn er denn wirklich so heißt, liegt wieder da, als markiere er den Angeödeten oder den Kater-Kranken, bis er erneut die Unterlippe spitzt. Der Orang-Utan ist ein wirklich großartiger Mime und sein Spiel, so oft er es auch wiederholt, nie gleich; geringfügig von der jeweils vorherigen Demonstration abweichende Variationen einer Geste, einer Grimasse, eine langsamere oder weniger geschickte Handbewegung, ein paar Falten mehr auf der Stirn, ein kurzes Zähneblecken, lassen es differenziert und ambivalent erscheinen, mal autistisch ernst, mal abweisend arrogant, mal eher listig und kokett. Ich frage mich, wie oft Sascha das macht und seit wann heute, aber weil ich rauchen will, verlasse ich die Vorstellung.

Hinter der Brücke, in einem weitläufigen Gehege voller kleiner Tannen, entdecke ich noch einige Füchse, zwei hübsche weiße Polarfüchse, drei rote und einen gescheckten. Denen, denke ich, geht es gut. Sie pflügen mit ihren Stupsnasen den Neuschnee oder jagen einander um die Bäumchen oder die eigene Schwanzspitze. Manchmal springt einer hoch, auf allen vier Pfoten, versucht einen Salto, landet wieder im Schnee und rollt sich da, bis ein anderer Fuchs diese Einladung zu einer kurzen Balgerei endlich annimmt.

Die Wölfe, deren Areal an das der Füchse anschließt, haben magere Flanken und eingezogene Bäuche; aus gelben Mandelaugen schauen sie melancholisch, aber falsch – oder gelangweilt und devot – in unergründliche Fernen. Auch einer von den Wölfen gräbt mit der Schnauze im Schnee, doch bei dem sieht es aus, als geschehe dies nur, weil der den Kopf hängen läßt, ebenso Ohren und Rute. – Ob sie hier schon waren, das Rotkäppchen und seine Mutter?

Ich werfe noch drei, vier müde Blicke auf Schneeule, Schneehühner, Schneegänse. Neben einem Schneemann trinke ich meinen Flachmann leer und steure den Ausgang an; knapp davor befindet sich eine letzte Voliere, in der, anscheinend völlig freiwillig, nur Sperlinge sind, Hunderte und Aberhunderte von lärmenden Spatzen. Doch wie, Durs Grünbein, gelangten diese »kleinen gefiederten Lenins« wohl hinein in den käseglockenförmigen, aus feinem Draht gewirkten Großkäfig? Die ersten von ihnen könnten sich, vielleicht aus Furcht vor den begehrlichen Blicken all der eingesperrten Adler, Bussarde und Habichte ringsum, oder angelockt von dem Futter, das eine Menschenhand auf den Boden des Riesenbauers gestreut hatte, als frisch geschlüpfte Vögelchen durch die Maschen gezwängt haben, und dann war es ihnen, weil sie sich mittlerweile groß gefressen hatten, nicht mehr möglich, auf demselben Wege wieder zu entweichen; die nächsten Generationen dürften in dieser kommoden Gefangenschaft bereits geboren worden sein. Und nun, Durs? Was, bei Lenin, dessen Gesicht unsterblich ist, solange es Spatzen gibt, haben sie nun vor, falls sie etwas vorhaben? Als ich uns das frage, erinnere ich mich an ein paar Zeilen aus einer alten irischen Ballade: »Hinter Bergen, schwarz und ungenau/ Liegt das Land, das den Jumbleys lieb/ Ihre Augen sind kalt, ihre Federn sind grau/ Und sie stachen in See per Sieb.«

AN EINEM STRAND

A. in N., wie schön, dachte Asta, und fragte sich nicht einmal, was daran nun eigentlich so schön sein sollte.

Asta, ihre Freundin Marianne und deren Freund Jürgen hatten eine lange, zermürbende Reise hinter sich. Drei große Koffer, die sie gemeinsam mit dem Nötigsten, aber vor allem mit Unmengen von Schokoladenostereiern für die nicaraguanischen Kinder vollgestopft und in Berlin aufgegeben hatten, waren nicht angekommen; die würden sie also, wenn das Kopfschütteln des gähnenden oder grinsenden, bis an die Zahnstummel bewaffneten »Managua-Airport«-Beamten nicht bloß Ausdruck seiner miesen Laune gewesen war, in der anderen Bedeutung dieses, wie Asta jetzt erst bemerkte, ohnehin verdächtig doppelsinnigen Wortes, wohl tatsächlich *aufgeben* müssen. Der – vielleicht ja doch verfrühte – Ärger darüber hatte Asta, Marianne und Jürgen bis zu ihrer nächtlichen Weiterfahrt nach El Trufino zum Streit um eine Flasche Rum versammelt; auf der Heckbank des schrottreifen Überlandbusses hatten sie eine zweite geöffnet, es aber nicht mehr geschafft, auch die noch auszutrinken oder sich wenigstens wieder zu vertragen.

Doch seit den Morgenstunden, seit sie zum ersten Mal in ihrem Leben am Pazifischen Ozean saß, wurden Asta die verlorenen Ostereier mit jeder abgelaufenen Minute gleichgültiger.

Es war heiß, trotz der kleinen Brise, die vom Meer
herüberwehte, und Asta konnte sich nicht entscheiden, ob sie ihre Augen vor Erschöpfung schließen
oder aus Neugier offenhalten sollte; und wenn die
Müdigkeit für ein paar Momente stärker war als die
Lust, aufs Meer zu schauen, und ihr die Koffer doch
wieder einfielen, beiläufiger von Mal zu Mal, stellte
sie sich all die Schokolade vor, wie sie auf einem
Laufband, einer Zollstation, einem Cargo wärmer
und wärmer und wärmer wurde und dabei tausend-
fach die Hohlform verlor und bald komplett zer-
schmolzen aus den bunten Stanniolhüllen kroch
und dann das eine oder andere kleine Loch fand in
den nachlässig verknoteten Plastiktüten, die sie hatten schützen sollen gegen die mechanischen und
menschlichen Grobheiten, die Koffern samt Inhal-
ten unterwegs so zustoßen, und wie sie schließlich,
den Gesetzen der Gravitation folgend, Schichten
weißer Unterwäsche durchsuppte; und irgendwann
würde die braune Soße, oder zumindest das von den
festeren Bestandteilen sich abscheidende Kakaoöl,
zwischen den Zähnen der Reißverschlüsse hervor-
quellen und, in Gestalt süßlich riechender Fettflecke,
das jeweilige Transitland, oder vielleicht sogar doch
noch Nicaragua, betreten oder richtiger beschlei-
chen, bis die eine oder andere Frau käme und sie
wegputzte, die nun arg entstellten Schokoladenostereier aus good old Germany. – Ein seltsamer, wie ein
angeschlagener und plötzlich abgebrochener Akkord

klingender Ruf, womöglich der eines Vogels, war lauter als das Schmatzen des Wischlappens, das sich Asta, wie sie im nächsten wieder wacheren Moment wußte, nur eingebildet hatte. Obwohl die Sonne noch längst nicht im Zenit stand und man auch hier erst den 28. März schrieb, war es glühend heiß und Asta müder denn je. Oder wurde es heißer in dem Maße, in dem sie müder wurde? Oder wuchsen die Hitze und Astas Müdigkeit nur derartig schnell, weil sie so reglos schlapp am Strand hockte? Nicht schlafen, befahl sie sich: Steh auf und lauf! Wenn du einschläfst, wird es für lange sein und erst die Flut dich wecken – im günstigsten Fall. Durch die kurzen Wimpern an ihren halb herabgelassenen Lidern schaute sie wie durch einen glimmenden Schleier nach links und rechts und über das Meer hin und spürte, daß sie sich auch fürchtete vor dieser menschenleeren Welt, auf deren Fremdheit sie sich gefreut hatte.

Asta wollte sehen, wie die riesigen Karettschildkröten, nachdem sie tagelang geschwommen waren, ohne ein einziges Mal zu fressen, das Ufer erreichten, wie sie ihre adlerschnabelscharf geschnittenen Profile ins Licht des Mondes und der vielen Sterne reckten, wie sich ihre mit Seepocken bedeckten, an junge Inseln voller Vulkane erinnernden Panzer aus dem Wasser wölbten, und wie diese Inseln größer wurden, je näher deren Trägerinnen dem Strand kamen; bis nur noch Sand unter den vor langer Zeit zu Ruderblättern mutierten, seitlich abgespreizten Gliedmaßen der Schildkröten war, feuchter Sand, in den sie, die jahraus jahrein immer gleichen Stellen anstrebend, eine breite, unregelmäßige Spur walzten. Und wenn sie ihren jeweiligen Platz gefunden hätten, würden die mächtigen alten Meeresschildkröten mit den Krallen der hinteren, Beinen noch ziemlich ähnlichen Extremitäten nicht sehr tiefe Mulden scharren, ächzend und schnaufend wie Totengräber bei Bodenfrost, und in diese Mulden hinein ihre hellen, hartschaligen Eier pressen. Und dann würden die Schildkröten, nun die Vorderflossen gebrauchend, den zuvor aufgeworfenen Sand über ihre Gelege schieben, und, dem ihnen vertrauteren Element sich wieder zuwendend, alles mit den dafür wie geschaffenen Unterseiten ihrer Panzer planieren. Und endlich, die Sonne würde bereits aufgehen, wären sie fertig mit der Schinderei, fertig in mancherlei Hinsicht. Und mühsam, als sei jeder Schritt ihr letzter, würden sich die Karettschildkröten zurückschleppen ins Meer, wo sie ausruhen könnten und auf ein weiteres Jahr unsichtbar sein – für Asta oder andere Menschen oder sonstige Landlebewesen.

Asta rieb sich die Augen, die brannten vor Müdigkeit oder von ein paar Körnchen des feinen Sandes, auf den ihr Gesicht niedergesunken war. Sie wischte sich etwas Speichel vom Mundwinkel oder war es Schweiß, hob den Rumpf, ließ den Blick schweifen. Obwohl Asta keinen Menschen sah, der *sie* hätte sehen können, genierte sie sich in dem fliederfarbenen Unterhemd, das ihren bleichen großen Matronenkörper eher lachhaft entblößte als züchtig verbarg und das sie, ohne zu fragen, aus dem Zimmer der vielleicht noch immer schlafenden Marianne geholt hatte. Oder vermißte man sie bereits; und sei es auch nur, damit sie weiterstreiten könnten? Wie lange hatte sie hier gelegen? Ihr war jegliches Zeitgefühl abhanden gekommen, aber sie wollte noch nicht zurück.

Einige besonders laute Wellenbrecher oder die Schreie der dreckig-grauen Pelikane, die jetzt hoch am Himmel kreisten und sich von Zeit zu Zeit kopfüber, schnabelunter, schwer und schnell zugleich, als verwandelten sich Steine in Pfeile, ins gleißende, wie ihr nun schien, schwindelerregend bewegte Wasser fallen ließen, ermunterten Asta tatsächlich ein wenig, bewirkten, daß sie sich erhob und ihre Füße sie, erst zögerlich, dann schneller und schneller zum Ozean trugen, denn der Sand, auf den zu treten ja unvermeidlich war, brannte noch höllischer als zuvor – und ebenso jetzt – ihre kurzsichtigen, vom grellen Sonnenlicht und dem Schlafmangel gereizten Augen, die Wahrgenommenes und Halluziniertes kaum mehr auseinanderhielten.

Asta warf sich in das überraschend kalte, salzige und bittere Wasser des Pazifik, tauchte ein paarmal ganz unter und tappte, das lila Hemdchen langziehend, den kraushaarigen Kopf schüttelnd, damit ihr die Tropfen, die wirklich salziger waren als jede Träne,

die sie je geweint hatte, nicht in die ohnehin schmer-
zenden Augen rannen, zurück zum Strand, – den sie
auch hinter sich ließ, denn nun entdeckte sie Bäume
am Saum der Uferfelsen, deren Füße, wenn man das
bei Felsen so nennen kann, in dem mehlfeinen, fast
weißen Sand zu stecken schienen, – wie ihre, sobald
sie für einen Moment auf einer von ebendiesen Felsen beschatteten Stelle verharrte. – Es waren eher
sehr kräftige und lange Äste, die sich, soweit sie
reichten, nahezu waagerecht über den Strand gelegt
hatten. Oder hatte der Wind, der angeblich während
der Regenzeit vom Festland herüberblies, die wip-
fellosen, nurmehr aus solchen Ästen bestehenden
Bäume in diese Form gebracht? Sie schaute genauer
hin, betastete die geriffelte, an die Stämme von Wei-
den erinnernde Rinde, rieb den Staub von einem der
spärlichen, kleinen, harten Blätter, die ebenfalls denen der Weide ähnelten, aber nicht sehr, nicht wirklich, wie Marianne jetzt gesagt hätte. Als Asta, weil
ihr plötzlich Marianne eingefallen war, schon beschloß, lieber doch erst einmal wieder hinaufzustei-
gen zu den beiden, die wahrscheinlich längst erwacht waren und nun, nach ihr Ausschau haltend,
vor dem Haus auf der Terrasse saßen, stieß ihr lin-
ker großer Zeh gegen etwas Pralles, Schuppiges,
trotzdem Weiches. Es war eine, wahrscheinlich von
der letzten Flut angespülte und dann in einer Ast-
gabel hängengebliebene, ungefähr zwei Meter lange
Schlange, grüngrau, mit einem vom dreieckigen

Kopf bis zur Schwanzspitze reichenden zitronengelben Zackenmuster, eine Seeschlange womöglich, die an Nicaraguas Küsten vorkommen und giftig sein sollen. Diese allerdings, so bedrohlich sie auch aussah, war mausetot, offensichtlich schon eine Weile, denn sie war angeschwollen wie ein frisch aufgepumpter Fahrradschlauch. An einer Stelle hatte das S, zu dem die Schlange erstarrt war, einerseits einen Knick und andererseits eine häßliche, offene Beule, aus der, belagert von goldig glänzenden Fliegen, ein Wirbel des gebrochenen Rückgrats lugte. Asta wagte nicht, den Kadaver zu berühren, aber als sie so lange über ihn gebeugt blieb, bemerkte sie, am Rande ihres Blickfelds und einer flachen Pfütze, zwischen freigelegten, ausgeblichenen Wurzeln, mehrere kleinere und größere Löcher; und als sie sich eine Weile gar nicht bewegte, schoben sich aus einem der größeren Löcher erst zwei blaue Scheren, dann zwei Fühler, dann zwei Stielaugen, und schließlich kam die ganze leuchtend kobaltblaue Krabbe zum Vorschein, flitzte, die Beinchen in einem kaum begreiflichen Bewegungsablauf nach links setzend, die ungleichen Scheren wie bittend oder drohend erhoben, schräg hinüber zu einem anderen Loch, in dem sie blitzartig verschwand. Asta packte das Jagdfieber, sie sprang hinterher, wühlte das Loch auf, schaufelte händevoll Sand beiseite, durchharkte mit den Fingern die Halden, nichts. Die Krabbe ließ sich nicht finden, und eine andere auch nicht. Asta schüttelte sich enttäuscht und verständnislos das vom Bad im Salzwasser scheußlich klebrig gewordene Haar aus dem Gesicht, ging ein Stück weg von der Schlangenleiche, so weit, daß sie das starre S nicht mehr genau erkennen konnte, setzte sich hin, den Rücken an einen schattenspendenden Felsbrocken gelehnt, und hätte gerne eine Zigarette geraucht.

In einer Gemütsverfassung, von der sie später sagen würde, sie sei unbeschreiblich gewesen, umkreisten Astas Gedanken unscharf die Tatsache, daß ihr nahezu alles, was sie bislang gehört und erblickt hatte, neu war, ja daß sie die Gräser, die Büsche, die Bäume rund um das Haus auf der Klippe und diese zum Meer hin kriechenden Äste nicht einmal dem Namen nach kannte, obwohl sie von Biologie schon einiges verstand. Selbst die Pelikane waren nicht, wie sie sein sollten, nämlich weiß, und eine solche Schlange hatte sie auch in noch keinem Naturfilm gesehen. Sicher, rote Krabben kannte sie, von den Banderolen teurer Konservendosen, aber blaue mit Linksdrall, die aus Löchern schlüpften, nur um sogleich in anderen Löchern wieder zu verschwinden wie vom Sandboden verschluckt? Und wer oder was hatte diesen an einen abgebrochenen Akkord erinnernden Schrei ausgestoßen?

Asta drückte ihre angewinkelten Arme tiefer in den Sand und dann auch ihren Bauch, der, wie sie gleichgültig bemerkte, gar nicht knurrte, obwohl sie seit dem Flug nichts mehr gegessen hatte; sie wollte nur kurz die Augen schließen, nur etwas Leere zu der Stille und der Hitze, die jetzt vollkommen waren, vollkommen unerträglich. Doch noch weniger konnte sich Asta der nun übermächtig werdenden Müdigkeit erwehren – und der Bilder, die, mit den Motiven nach unten, auf ihren Netzhäuten herumschwammen wie Fotos auf der Fixiersäure in der Dunkelkammer: Vor purpurnem Grund wurde die von blauen Krabben bedrängte grüne Seeschlange immer kleiner, und über ihr, am feuerroten Himmel, flog ein schwarzer Pelikan mit einem schwarzen Zweig im Schnabel, als hielte er sich für das Negativ der Friedenstaube. Höher und höher flog der kleiner und kleiner werdende Pelikan, bis er verschwunden war, aufgegangen in den Flammen der Sonne, oder in einem der schwarzen Löcher des Weltalls.

Was genau sie wann geweckt hatte, darüber konnte Asta auch später nur Vermutungen anstellen, die aber von dem Schrecken, der sie nun erwartete, so stark beeinflußt blieben, daß sie jedesmal, wenn sie wieder darüber nachdachte, zu dem Schluß kam, nur er und nichts und niemand sonst müsse es gewesen sein. Hatte sie nicht schwach, fast schüchtern, ein fauliger Gestank angeweht? Oder hatte der flaue, seewärts gehende Wind sie doch bloß von der toten Schlange gegrüßt? Hatte sie vielleicht kein leises Hecheln gehört und nicht gespürt, wie etwas Schlappes, nicht sehr Feuchtes und auch nicht gerade Flauschiges, etwas, das sich eher angefühlt hatte wie ein

oft benutzter, in der ausgelaufenen Wanne liegen-
gebliebener Schwamm, ihren Mund berührte? Oder
hatte sie sich mit der eigenen, vor Durst pelzigen
Zunge die spröden Lippen geleckt?

Asta rieb sich ausgiebig die geschwollenen Lider,
trennte, mehrmals blinzelnd, die oberen von den
unteren Wimpern, und dann fiel ihr erster, seit dem
Schlaf wieder einigermaßen klarer Blick gleich auf
etwas, das vorher nicht dort gewesen war. Es lag,
weder weit weg noch nahe bei ihr, auf dem schmaler
gewordenen Strand, gerade unter der nun hoch stehenden Sonne, an einer Stelle, nach der die Wellen
so bald nicht greifen würden; und Asta hatte es, da
es, abgesehen von einigen Schattierungen, gelblich
hell, also insgesamt eher sandfarben war, zunächst
auch für einen seltsamen Stein oder das Fragment
eines Baumes halten wollen. Doch es flimmerte,
wackelte, zitterte oder bebte, aber anders als jenes
bloß heiße Luft spiegelnde Trugbild namens Fata
Morgana. Es schien echt zu sein und lebend, im all-
gemeinsten Sinne des Wortes; auf den Knien kroch
sie ihm ein Stück entgegen – und hielt wieder inne,
wovon auch immer gewarnt. Das Etwas, Asta war
nun bereit zu glauben, daß es ein Tier sei, hatte sie,
spätestens jetzt, ebenfalls bemerkt; eine Welle, nicht
eine des heranbrandenden Meeres, sondern eine,
die aus ihm selbst kam, lief über seinen Rücken. Das
Tier streckte eine ziemlich gut als solche erkennbare
Vorderpfote von sich und hob ganz kurz ein unregel-

mäßiges Oval aus dem Sand, das sie ihm zum Kopf
bestimmte, denn im Fluß dieser Bewegung schlenkerte es zwei daran hängende, lappenartige Gebilde
herum. Einen Moment später sank das Tier wieder
auf die Seite, allerdings nicht die Asta zugewandte.
War es, weil Asta von dem Bedürfnis, das Wesen zu
ergründen, plötzlich verlassen wurde, oder war es im
Gegenteil so, daß sie, vom Forscherdrang überwäl-
tigt, jede Vorsicht aufgab, oder kam einfach die Flut
näher? Jedenfalls fuhr sie hoch und riskierte zwei,
drei große Schritte. Was sie damit auslöste, wird
Asta nie vergessen: Das Tier erbebte wie von einem
Stromschlag, aber es war so kraftlos, daß es, bei dem
Versuch, sich aufzurappeln, immerfort scheiterte.
Kaum standen seine wackligen Vorderpfoten, da
knickten die Hinterbeine weg. Als es jedoch, offenbar mit der Absicht, die Gelenke der Hinterläufe
durchzudrücken, in einer grotesken Verrenkung den
Steiß hochschob, brach es sich fast das Hohlkreuz.
Ein anderes Mal verlor es den fragilen Halt, den es
endlich und gar auf allen vieren gefunden hatte,
sogleich wieder; es implodierte förmlich, sackte
zurück auf seine dürre Flanke – und blieb liegen,
während die braunen Ballen seiner breiten Pfoten
mechanisch die heiße Luft traten. Es sah aus wie bei
einem schlafenden Hund, der sich im Traum auf der
Jagd wähnt oder auf der Flucht. Und das war dies
Tier auch, ein Hund. Was für einer, das ließ sich, bei
dem jämmerlichen Anblick, den er bot, nur schwer

deuten; doch mit der auf den Straßen und an den Stränden dieser Welt üblichen mittelgroßen, schwarzgelben Promenadenmischung hatte er nichts gemein. Er war langbeinig wie ein Windhund und von ähnlicher Statur, was aber daran liegen mochte, daß er bis auf die Knochen abgemagert war. Seine Schlappohren und die buschige Rute erinnerten, ebenso wie die Farbe, wiederum mehr an einen Golden Retriever; und er war zweifellos ein Rüde. Seinen Vorderkopf mit Augen, Nase, Maul, die Miene, das Gesicht, was auch immer Hunde normalerweise zwischen den Ohren haben, konnte Asta nicht erkennen, weder an diesem Tag noch an einem der folgenden wirklich genau genug, denn der Hund war, so seltsam das klingen mag, peinlich darauf bedacht, daß niemand ihn ansah. Er war im beiläufigen Verbergen so geschickt wie ein Mensch, dem ein Finger fehlt. Immer, selbst in der prekärsten Situation, gelang es ihm, den vorderen Teil seines Kopfes wegzudrehen oder ihn zwischen die Pfoten zu stecken. Später, als sie einander schon weniger fremd waren, tunkte er, ehe Asta sich ihm auf höchstens fünf Schritte nähern durfte, die Schnauze, wenn er etwas Derartiges überhaupt noch besaß, erst ins Wasser und dann in den Sand.

Wohl weil er sich ein wenig ausgeruht hatte oder sich erkannt fühlte und deshalb fürchtete, daß Asta – aus Mitleid oder dem Gegenteil davon – im nächsten Moment den letzten Rest Respekt vor ihm verlieren würde, kam der Hund schließlich doch auf die Beine und hinkte, da er dem Magnetismus der Erde für diesmal widerstanden hatte, erstaunlich schnell davon. Es ist, dachte Asta, die ihm nachsah bis zur Kurve in die Bucht, als hingen seine Gliedmaßen an unsichtbaren Fäden, und ein womöglich von der ersten Flutwelle aus dem Koma geweckter, ebenfalls unsichtbarer, betrunkener Marionettenspieler habe sich der Hundepuppe erinnert und führe sie nun mehr schlecht als recht von der Bühne.

Asta ging auch; doch während sie, nach welken Stauden und Grasbüscheln greifend, den Hügel erklomm, auf dem das Haus stand, drehte sie sich immer wieder zum Strand um, der jedoch ebensowenig zu sehen war wie der, dem ihre Blicke eigentlich galten, denn die Flut war jetzt da, begoß die Bäume und leckte den Felsen die Füße.

Sie hatten Asta noch nicht gesucht, aber erwartet. Sie saßen vor dem Haus und starrten auf das tosende Meer. Als Asta anfing, Jürgen von dem Hund zu erzählen, sagte Marianne ungewohnt ernst: »Nein, das möchte ich gar nicht sehen.« Asta war froh, daß Marianne ihr so bestimmt das Wort abschnitt, denn sie wollte nicht an den Hund denken. »Machst du uns was zu essen? Es ist aber nichts da«, sagte Marianne und zog dabei diesen gespielt kindlichen Flunsch, der zwischen ihnen längst zu einem Ritual geworden war. »Höchstens Spiegeleier«, antwortete Asta, die schon an der offenen Kühlschranktür stand, »und dann muß ich mal zwei Stunden schlafen, und dann sollten wir Einkaufen gehen.«–»Ja«, sagte Marianne, wieder mit diesem putzigen Gesichtsausdruck, »du brauchst ein Hemd, und neue Schlüpfer brauchen wir alle.« Sie aßen die Eier, und Asta legte sich in eine der Hängematten.

Asta glaubte, vor Müdigkeit nicht einschlafen zu können; sie schwitzte, trotz des weißen Bettbezugs, in den sie gekrochen war, außerdem brauste das Meer hier oben lauter als unten, obwohl es sich schon wieder zurückzog; die Zikaden begleiteten es, wie sie alles begleiteten, mit diesem manischen, gleichgültigen Ton, der entsteht, wenn sie ihre widerhakigen Beinchen aneinanderreiben, und das tun sie, dort, wo es sie gibt, solange es nicht regnet, pausenlos. Hin und wieder lärmte auch eins der Hühner, denen sie ihr Essen zu verdanken hatten; die gehörten Lora, dem gar nicht devoten nicaraguanischen Hausmädchen, das für sie sorgen sollte, aber lieber im Schatten der Garage hockte und lesen lernte, gemeinsam mit ihrer kleinen Tochter. Auf dem purpurnen Grund, der ihre Kinoleinwand war, wenn die Sonne durch die dünne Haut ihrer Lider schien, erblickte Asta keinen anderen als den Hund, wie er dalag und wie ihm diese fiebrigen oder nervösen Schauer über die zitternden Flanken liefen, wie es ihn hochzog vom weißen Sand, wie er, den linken Hinterlauf angewinkelt, den öden Strand entlanghumpelte, mit hängendem, gesichtslosen Kopf, den er immer wieder kurz dem Pazifik zuwendete, als habe er Angst vor dem Wasser und wolle es nicht aus den Augen verlieren. Welche Augen, fragte sich Asta, und ob er schon tot sei und woran gestorben: Ertrunken, wahrscheinlich ist er ertrunken. Oder eine mächtige Woge hat ihn erfaßt und gegen einen der Felsen geschleudert. Das wird ihm das Kreuz gebrochen haben, wie der Schlange. Asta sah den toten Hund auf dem roten Meeresgrund; er schwebte beinahe, trieb wie schwerelos im Rhythmus der dort unten so ruhigen Wellen und ähnelte von weitem einer abgerissenen oder abgebissenen großen, hellgelben Seeanemone. Aber plötzlich war da ein Schatten, der bewegte sich auf ihn zu, gleichmäßig, zielstrebig, schnell. Es war kein Schatten, sondern eine hungrige Karettschildkröte; ihr scharfer Schnabel packte die Hundeleiche am Ohr. Das Ohr riß ab, verschwand im Maul der Schildkröte, und der Rest von dem, was einmal ein Hund gewesen war, trudelte wieder frei an einem Korallenriff vorbei. Doch die Schildkröte war noch lange nicht satt; immer wieder kam sie angeschwommen und riß ein Stück heraus aus dem Hund, bis er schließlich ganz in ihr verschwunden war. Und dann verschwand auch die Schildkröte, und das Korallenrot des Meeresgrundes färbte sich röter und dunkelrot und endlich schwarz.

Marianne, Jürgen und Asta, die immer noch müde war, gingen am späten Nachmittag nach El Trufino;

einem Nest, das, obwohl es in diesem Teil Nicaraguas lange kein Erdbeben gegeben hatte, aus nichts bestand als fünfzehn Holzhäusern und dreimal so vielen Wellblechhütten, Marktbuden, Bretterverschlägen. Sie kauften Wasser, Rum, Coca-Cola, Rotwein, Öl, Brot, Reis, Bohnen und Gemüse und erwischten im letzten Moment zu einem echten Gringo-Preis noch ein dürres, schlecht gerupftes Huhn. Als sich Marianne, die auch nicht die Schlankeste war, an einer der Buden weiße Baumwollunterhöschen vor den Bauch hielt, um zu sehen, ob die in Frage kämen, kicherten die Nicaraguanerinnen, die dort herumsaßen und aus der Hand ein paar gekochte Bananen verzehrten, wie Schulmädchen. Mit roten Ohren wühlten Marianne und Asta trotzdem weiter in dem Wäschehaufen, nahmen schließlich vier Slips und zwei Hemdchen, die ihnen nicht ganz so winzig zu sein schienen, stellten später fest, was sie schon an dem Stand gewußt hatten, nämlich, daß nichts davon paßte, und schenkten das Zeug Lora.

Asta hatte noch ein XL-T-Shirt erworben, in dem sie vorgab, gleich wieder baden gehen zu wollen, aber eine unbestimmte Furcht und die Flasche sieben Jahre alten nicaraguanischen Rums, die Jürgen gerade öffnete, hielten sie davon ab. »Bleib mal«, sagte Marianne, »von hier aus kannst du auch sehen, ob die Schildkröten kommen, und dann ja immer noch hinuntergehen. Wenn dort die Lichtstrahlen von Taschenlampen herumhuschen, wissen wir, es ist soweit. Die Nicas campieren seit Tagen im Gebüsch und beobachten das Meer, weil sie ganz wild sind auf die Eier von den Viechern.«

Sie tranken Saigon, wie Jürgen das Gemisch aus Rum, Cola und etwas Rotwein nannte, erst mit, dann ohne Eiswürfel. Einen Himmel so voller Sterne hatte Asta noch nie gesehen. Der weiße Halbmond hing groß und demonstrativ wie eine Schaufensterdekoration über dem hellen, schäumenden, lauten Meer; doch Männer mit Taschenlampen waren nirgends zu entdecken, Schildkröten schon gar nicht. Der Strand lag verlassen, oder richtiger: einsam; nur ein paar Felsbrocken zeichneten sich ab vom blassen Sand, und einer hatte für Asta die Kontur einer menschlichen Gestalt, eines dicken Nichtschwimmers, der sich vielleicht auf das Meer hinausgeträumt hatte und darüber erstarrt war. Als sie selber wie ein Stein ins Bett fiel, galt Astas letzter blauer Gedanke dem Hund: Wo der wohl schlief, wenn er noch lebte? Aber sie konnte die Antwort nicht mehr abwarten, und wer hätte sie auch geben sollen.

Die Schreie eines Hahns weckten Asta, und für den Moment fand sie, daß es wie auf einem Dorf in Deutschland sei. Doch es war Loras irgendwie nicht deutsch aussehender, schwarzblauer Hahn, der nach dem einen kleinen, halb kahlen Huhn hackte, das die anderen Hühner gestern auch schon attackiert hatten. Das Huhn flüchtete sich durch die offenstehende Tür in Astas Kammer. Und als Asta, um es wieder hinauszujagen, in ihre Turnschuhe fahren wollte, da lag im linken, wie sie gerade noch rechtzeitig bemerkte, ein ziemlich großer, zart beigefarbener Skorpion. Sie nahm den Schuh und schüttelte den Skorpion zwischen die verdorrten Hibiskussträucher neben der Terrasse. Sofort kamen freudig gackernd sieben Hühner samt dem Hahn herbeigelaufen, stürzten sich auf den Skorpion und rissen ihn so schnell in Stücke, daß ihr kaum Zeit blieb, den Vorgang zu verfolgen. Nur das räudige Huhn, das erschöpft hinter dem Staubsauger hockte, hatte nichts abbekommen. Asta scheuchte es möglichst leise zurück ins Freie; sie wollte die anderen nicht aufwecken, sondern gleich, ohne Frühstück, hinunter zum Strand.

Asta sah den Hund schon von weitem; er ruhte im Schatten eines Steins, ein ganzes Stück weg von dem einzigen Trampelpfad, der direkt ans Meer führte, und drehte, wohl weil er spürte, daß jemand kam, kurz den Kopf, jedoch wieder in die ihr entgegengesetzte Richtung. Seine Glieder zuckten wie gestern, und überhaupt fand sie ihn unverändert, ein bißchen weniger schreckhaft vielleicht, denn er machte keine Anstalten aufzustehen, was aber auch daran liegen konnte, daß sie diesmal nicht versuchte, sich ihm zu nähern. Dabei war ihr Interesse für den Hund nicht etwa erloschen; sie wußte selbst nicht, warum sie sich zurückhielt. Sie war doch froh, ihn lebend zu sehen, und wollte ihn nur nicht noch einmal aufregen und so womöglich dazu beitragen, daß sein flak-

kerndes Lichtlein schneller ausging als unbedingt
nötig. Aber was tat dieser Hund während der Flut?
Wo hatte er die Nacht verbracht? Wie ertrug er die
Schmerzen, die Hitze, die Zeit? Und warum, um
alles in der Welt, starb er nicht?

Asta ging baden, lief am Strand auf und ab, bückte
sich nach Muscheln, spielte Touristin; doch der
Hund war da, ob sie zu ihm hinschaute oder nicht.

Als Asta zurückkam aus der kleinen Bucht, die sich
rechter Hand in die Küste schmiegte, hatte der Hund
den Platz gewechselt, mußte also gelaufen sein. Er
lag nun zwischen den dicken, blanken Wurzeln eines
abgestorbenen Baums, einer Akazie womöglich, und
aus der Distanz wirkte das Ganze fast idyllisch. Und
eine weitere Veränderung gab es; in dem flachen
Betonkasten, der am hinteren Saum des Strandes auf
der linken Seite stand und von dem Asta geglaubt
hatte, er sei eine Art Neubauruine, machten sich ein
paar Männer zu schaffen. Sie hatten bereits die Bretter vom Eingang entfernt und waren nun dabei,
bunte Plastikstreifen über der Öffnung zu befestigen.
Asta sah auch Tische und Stühle mit geflochtenen
Sitzflächen. Offenbar sollte der Kasten ein Restaurant werden oder eine Bar. Weil sich ihre Arme
bereits röteten und ihr Haar, seit sie schwimmen
gewesen war, wieder so klebte, nahm Asta die Neuig-
keiten zum Anlaß, hinaufzugehen.

Das, was sie kaum mehr erwartet hatten, schon gar
nicht am Karfreitag, war eingetroffen, die Koffer

nämlich. Nichts fehlte, auch keins der Schokoladenostereier, die nicht so schlimm aussahen, wie Asta es sich vorgestellt hatte, aber verformt und zusammengebacken oder zerbröselt waren sie doch; und was immer ihnen bei der einen oder anderen Gelegenheit entschlüpft war, Erdbeerjoghurtküken, Nougathasen oder Obstgeister, es hatte in sämtlichen Hosen, Röcken, Hemden ein fast widerlich süßliches Aroma mit käsig-nussig-schnapsiger Note hinterlassen. Marianne, Jürgen und Asta diskutierten eine Weile und kamen zu keinem Ergebnis; einerseits fanden sie, daß man solche Ostereier nicht einmal nicaraguanischen Kindern zumuten könne, andererseits seien die ja wohl immer noch besser als gar keine. Dann trugen Marianne und Jürgen, die meinten, sie hätten genug vom Reden und vom Streiten sowieso, ihre Sachen zum Ziehbrunnen, und Asta ging zurück zu dem Hund.

Abends gab es Astas Bratkartoffeln, dazu wieder Saigon und den Sternenhimmel, doch Taschenlampenlichter sahen sie auch in dieser Nacht nicht.

Am Strand waren anderentags ein paar Menschen, leidlich wohlhabend aussehende Nicaraguaner, denen ein österreichischer Ex-UNO-Beamter, der hier in Gesellschaft eines weiteren UNO-Rentners, eines niederländischen Kaffeefarmers, seinen Lebensabend verbrachte, während der Trockenzeit hinter den Klippen gelegene, sehr einfache Ferienhäuser vermietete. Die Frauen saßen mit den Kindern am

Strand, die Männer in der Bar, die tatsächlich am Vormittag aufgemacht hatte. Trotzdem mußte Asta nicht lange nach dem Hund suchen; er lag zwischen den Akazienwurzeln, und Asta, die sich ein Fernglas mitgebracht hatte, umschlich ihn weitläufig. Er war wohl ein wenig schwächer geworden. Oder kam es ihr bloß so vor, weil sie ihn seit jenem ersten Tag nicht mehr hatte laufen sehen? Sie duckte sich hinter einen der Kriechbäume und blickte durch das Fernglas. Der Hund, den sie nun so nah vor Augen hatte, daß sie unwillkürlich zurückzuckte, als könne sie ihn auch riechen, war in einer elenden Verfassung; die Beine, der Schwanz, der Leib, jeder einzelne der atrophierten Muskeln und die vielfach verletzte Haut, die fast durchscheinend wie Lampenschirmpergament das Skelett umspannte, zitterten und zuckten, als hielte sie etwas in Bewegung, das nicht er selber war, nicht sein Blut, nicht seine Nerven, nicht sein Gehirn. Das Fell war ihm über den ganzen Rücken hinweg ausgegangen; auch die Flanken waren ziemlich kahl und entstellt von einem grindigen Ausschlag. Sein linkes Hinterbein schien gebrochen zu sein oder gelähmt, jedenfalls war es das einzige Glied seines Körpers, in dem sich gar nichts regte. Den vorderen Teil seines Kopfes jedoch, den sie vor allem hatte sehen wollen, hielt er in den Sand gedrückt und mit den Pfoten bedeckt; ganz so, als simuliere er einen Menschen, einen verzweifelten Menschen, der am Boden liegt und die Hände über dem Gesicht zusammenschlägt. Ja, dieser Hund war sicher das erbärmlichste Wesen, das ihr jemals begegnet war; aber das seltsamste war, daß er es genau zu wissen schien. Hatte er womöglich aus einer der Strandpfützen Meerwasser trinken wollen, in der Hoffnung, es sei doch nicht zu salzig, und sich dabei gespiegelt, und also eine Art reziprokes Narziß-Erlebnis gehabt? Asta legte das Fernglas zur Seite; sie fühlte, wie ihre Wangen brannten, ihre Ohren glühten, die Haut in ihrem Nacken prickelte und schrumpfte, und sie wußte in dem Moment, daß sie sich schämte. Aus Scham oder Ekel oder Mitleid – für ihn und sich, fing sie beinahe an zu weinen, – weil sie eine fiese alte Voyeurin war, die gerade versucht hatte, mit dem Feldstecher von Jürgens Opa einer sensiblen alten Kreatur ihr letztes Geheimnis wegzuspionieren.

Rücklings entwich Asta ihrem Versteck, setzte sich auf den Felsbrocken, der von oben dem erstarrten Träumer ähnelte, hing die Füße samt Sandalen in den Pazifik und lief dann, als sei erst dies die Garantie dafür, daß der Hund nicht die geringste Chance hätte, ihre Spur womöglich doch zu verfolgen, durchs flache Wasser bis zur Bar, wo sie sich Rum mit Cola bestellte, morgens um elf. Das Brennen in ihrer Kehle löschte das Feuer in ihren Ohrläppchen, und dies wiederum bewirkte, daß sie noch einen Rum trank oder zwei oder drei. Sie sah zu, wie die Wellen unaufhaltsam näher kamen, und verspürte dabei das vage Bedürfnis, hinauszuwollen auf den Ozean, der tief und weit und frei war, auch von Hunden, dieser vermutlich sogar von Seehunden. Sie verstand sich nicht. Was war bloß los mit ihr? Ja, sie hatte sich zu dieser Reise überreden lassen, um Pflanzen und Tiere zu sehen, fremde Pflanzen und exotische Tiere, Schildkröten, Papageien, Affen, Delphine; nun aber war sie, Asta litt besonders unter der Banalität der zweiten Hälfte dieses Satzes, der penetrant wie eine Leuchtreklame an ihrer Schädeldecke blinkte, auf den Hund gekommen, *den* Hund. Dabei hatte sie Hunde nie leiden können und immer geglaubt, ihre Mutter habe sie nach Asta Nilsen benannt. Doch jetzt, in diesem Moment, beschlichen sie zum ersten Mal Zweifel. Warum waren Asta, Hasso und Rex derart beliebte Namen für Hunde, speziell für den Deutschen Schäfer? Einmal wegen ihrer Diminutiv-Resistenz und dann sicher auch, weil sie, wegen der hellen Vokale a oder e, denen Zischlaute wie st, ss und x folgen, so schön schallend ausgesprochen, oder richtiger: befohlen, und deshalb von den hierarchiefixierten Biestern leicht verstanden werden konnten. »Asta!« rief sie sich, gedämpft, aber scharf wie ihre Mutter sie rief: »Asta! Essen is fertig!« Als sei das *sein* Stichwort, denn daß er auch so hieß, war aus mindestens zweierlei Gründen unvorstellbar, tauchte der Hund in ihrem Blickfeld auf. Die herannahende Flut begrenzte seinen Spielraum und zwang ihn wohl, dies von Menschen okkupierte Terrain zu kreuzen. »Du ... bist ... ein ... Rüde ...«, flüsterte Asta, streng und überdeutlich, als habe sie die Stimme ihrer Mutter nicht für sich imitiert, sondern um den Hund auf die Probe zu stellen; doch der war durchgefallen, mußte also zum Abgang bewegt und deshalb an sein Geschlecht erinnert werden. Er wankte, mit Gischt besprüht und bedroht von den hohen Wellen, denen er auch diesmal seinen tief geneigten schlappohrigen Kopf zudrehte, so schnell er eben konnte, aber langsamer, als jeder andere kranke Hund es getan hätte, über den schmalen Streifen Strandes zwischen Meer und Bar. – Bis er einen falschen Schritt machte, strauchelte, zusammenbrach und sich, vielleicht aus Angst vor dem Wasser, vielleicht weil er neuerdings überhaupt nur mit Hilfe dieser Taktik noch einmal hochkam, von einer Seite auf die andere wälzte. Für jemanden, der nicht gleich begriff, was mit ihm los war, konnte das auch nach Übermut aussehen oder nach einem Sandbad gegen die Flöhe.

Asta, deren Tisch und Hocker direkt an der Betonbrüstung standen, blickte hinter sich. Außer ihr saßen noch fünf weitere Gäste unter dem Dach des Lokals, der Österreicher mit seinem Liebsten, dem Holländer, und drei Einheimische. Zu ihrem Erstaunen schauten die ebenfalls auf, hinüber zu dem Hund. Und einer der beiden nicaraguanischen Kellner, ein hagerer Kerl unbestimmbaren Alters, trat an den Tisch seiner Landsleute und folgte dem Schauspiel mit gespannter Miene. Endlich gelang es dem Hund, sich wieder hinzustellen, vielleicht weil die Wellen, die er so fürchtete, ihn erst unter sich begraben, dann aber angehoben hatten; und der Kellner nickte begeistert, als beobachte er einen schon seit der dritten Runde schwer angeschlagenen Boxer, der in der neunten das fünfte Mal zu Boden geht und doch wieder auf die Füße kommt, kurz bevor der Ringrichter bis zehn zählen konnte. Der Kellner klatschte in die Hände; »Un hijo de puta! Bastardo! Chucho de Nicaragua!« (So ein Hurensohn! Bastard! Köter, nicaraguanischer!) schrie er und schritt erst wieder zum Tresen zurück, als sich das Bild des Hundes, der im Gegenlicht aussah wie ein verwundet davonhumpelnder Pappkamerad, zwischen den Felsbrocken verlor.

Asta bezahlte und machte sich in der Mittagshitze auf den Weg zu Marianne und Jürgen, die, wie sie ärgerlich feststellte, nie mit ihr zusammen an den Strand gingen, sondern immer für sich und zu anderen Zeiten. »Marianne, die Pfeife, hat Schiß vorm blonden Hund«, murmelte sie, als sie ihren schweren, betrunkenen Körper nach Grasbüscheln greifend den Trampelpfad hinaufhievte.

Abends sagte Marianne, die Schildkröten seien, wie sie erfahren habe, vergangene Nacht dagewesen, nur sechs von ihnen dieses Jahr. Und Taschenlampenlichter hätten sie tatsächlich keine sehen können, denn diesmal hätten nicht die Nica-Bengel, sondern

Polizisten, fünf im ganzen Ort verrufene, rattenschar-fe ehemalige Contras, Nacht für Nacht hinter den Uferfelsen gelegen, auf höchsten Befehl der *Alemán*-Regierung, die sich bei der UNO anwanzen wolle und deshalb das Eierstehlen strengstens verboten habe.

Das Essen kochte heute Jürgen; und weil Asta nach Sonnenuntergang immer noch übel war, wurde sie auch vom gemeinsamen Saigon-Trinken befreit.

Asta konnte es nicht lassen, und allmählich gewöhn-te sie sich daran, daß sie zu ihm mußte, nur, weil sie ihn nicht aus dem Kopf bekam. Ob er ein Geheimnis hatte oder keins, und ob gerade das sein Geheimnis war? Ob er ein Gesicht hatte, oder was er nun hatte, anstelle eines solchen? Warum er so stark war in sei-ner Schwäche? Sie wurde es müde, sich diese Fragen zu stellen, und einen anderen Adressaten dafür fand sie nicht. Was wollte sie? Einfach sehen, wie es wei-terging? War das Leben dieses Hundes ein einziges langes, womöglich ewiges Sterben? War er gar seit Jahrtausenden so etwas wie ein tierischer Zombie, den nichts und niemand erlösen konnte? Dieser Ver-dacht, den sie schon seit einer Weile hegte, gefiel ihr nicht besser als irgendein anderer, empörte sie aber auch von Tag zu Tag weniger.

Asta zog sich das T-Shirt über und packte ihr Strand-körbchen. »Ich habe Kaffee gemacht. Oder bist du wieder auf dem Sprung, weil dich alles langweilt, bloß nicht die Töle?« rief Marianne aus der Küche. Vielleicht hatte sie ja recht.

Es war kaum später als neun Uhr, die Bar noch geschlossen und kein Mensch am Strand, aber auch den Hund konnte Asta nicht entdecken; er lag weder zu Füßen der Felsen noch bei den Akazienwurzeln. Doch als sie sich in den Sand gesetzt, eine Zigarette entzündet und angefangen hatte, darüber nachzudenken, wo er denn sein könne, selbst wenn er tot wäre – schon oder endlich, fühlte sie sich jäh veranlaßt, hinter sich zu blicken; und da kam er, der Hund, aus weiter Ferne, den Trampelpfad hinunter, als habe er die Nacht über irgendwo am Haus gewartet und sei ihr nun gefolgt, unauffällig, mit großem Abstand. Wohl weil sie sich ihm jetzt ganz zuwendete, verließ er den Pfad, hinkte – für seine Verhältnisse flüssig – im großen Bogen zum Ufer, tunkte den Kopf ins seichte Brackwasser der heute fast glatten See, ging dann ein weiteres Stück beiseite und panierte alles, was er zuvor befeuchtet hatte, so eifrig, daß ihm dabei die langen Ohren von einer Seite zur anderen flogen.

Asta rauchte, badete, sammelte Muscheln oder belauerte die Krabbenlöcher; jedenfalls tat sie so, als täte sie all dies. Der Hund blieb, wiewohl auf die von ihm bestimmte Distanz bedacht, stets in Astas Nähe, genauer gesagt: hinter ihr. Und wenn sie sich nach ihm umdrehte, immer nur kurz und nicht minder um Konspiration bemüht, spielte der Hund einen Hund, beschnupperte Steine, streckte seine Pfoten von sich, hob gar zum Schein sein rechtes Bein an

einem der liegenden Bäume. – Täuscht der sich oder
täusche ich mich, oder schlägt dieser Hund mir wirklich vor, die Rollen zu tauschen? Kann es denn stimmen, daß es ihm bessergeht, daß *er* jetzt der Hund
sein will? – Seltsam beflügelt ging Asta zurück zum
Haus; der Hund folgte ihr nicht. Oder doch, aber wieder so, daß sie es nicht merkte?

Marianne und Jürgen waren wohl unterwegs; der
Jeep, den Jürgen sich gestern gegen cash von dem
Kaffeefarmer geliehen hatte, stand jedenfalls nicht
vor der Tür. Asta nahm das Huhn aus dem Kühl-
schrank und schnitt ihm Fleisch von den Schenkeln.
Würde sie die beiden eben heute zum Essen in die
Bar einladen; sie hatte eh etwas gutzumachen. Sie
schrieb den entsprechenden Zettel, verstaute das
Fleisch, griff sich zwei Plastikschüsseln und eine
Wasserflasche und lief wieder an den Strand.

Der Hund lag bei dem Akazienstumpf und regte sich,
bis auf das übliche Zittern, nicht. Astas Rückkunft
bewirkte nur, daß er sich zusammenrollte. »Wie ein
rasierter Igel siehst du aus. Das wäre aber nicht nötig
gewesen, weil ich gar nicht vorhatte, dich zu streicheln«, flüsterte sie, stellte die Schüsseln in den Sand,
füllte die eine mit dem Hühnerfleisch, goß Wasser in
die andere. Doch der Hund blieb, wo er war, selbst
als immer mehr Leute kamen, und rührte auch
weder das Fleisch noch das Wasser an, was Asta
geahnt, fast gewußt hatte. Es war eher eine Geste
gewesen, die *ihr* guttun sollte, und wenigstens ein

bißchen saufen würde er ja vielleicht, später, wenn er wieder ganz alleine wäre.

Nach zwölf ging Asta zur Strandbar; alle sechs Tische waren frei, doch sie wählte diesmal einen, der nah am Eingang stand – und im Schatten, zumindest jetzt noch. Als Marianne und Jürgen endlich erschienen, war die erste Flasche Rotwein schon fast leer; »Macht nichts«, rief Asta mit gekünstelter Heiterkeit und bestellte bei dem hübschen Jungen, der heute bediente, die nächste. Die gegrillten Seebarsche sahen gut aus und schmeckten, auch Marianne, für die Asta einen filetieren und auf einen extra Teller legen mußte, weil Marianne, wie Asta wußte, den Anblick ganzer Fische, mit Kopf und Flossen, so wenig ertrug, daß sie den Appetit verlor, wenn sich niemand bereit fand, ihr diesen kleinen Gefallen zu erweisen.

Kurz darauf verlor Marianne ihn aber doch noch, den Appetit, denn die Flut nahte, und auch der Hund humpelte wieder heran auf dem schmal gewordenen Streifen Strandes, langsamer als gestern und viel langsamer als vorhin. Er sah zum Gruseln aus, und Asta fragte sich, ob das, was sie am Morgen erlebt hatte, womöglich nichts weiter gewesen war als eine Pseudobesserung; so jedenfalls nannte ihre Mutter dies Phänomen, das bei Todgeweihten angeblich oft beobachtet wird, etwa einen Tag vor dem endgültig letzten. Asta nahm sich die eine Hälfte von Mariannes Portion, gab die andere Jürgen und zeigte dem

Jungen die leere Flasche, was wie erwartet zur Folge hatte, daß der eine dritte brachte.

Als der Hund endlich in die Kurve zur Bucht einbog, legte Marianne ihre trotz der Mittagsglut kalte Hand auf Astas Schulter. »Geh schon«, sagte sie, »hol dir ein Gläschen Rum. Mehr kannst du nicht tun.« Kaum hatte sich Asta folgsam erhoben, da stand hinterm Tresen plötzlich wieder der hagere Kellner, der gestern dem Hund applaudiert hatte. Asta sagte aber nicht »Un ron, por favor« (Einen Rum, bitte), sondern das Wort, das sie in Mariannes Buch mit dem albernen Titel »Was uns spanisch vorkommt« gesucht und gefunden hatte: »Mátalo!« (Erschieß ihn!) Doch der Kellner schüttelte bloß den Kopf, gähnend oder grinsend, wie jener Managua-Airport-Beamte am Abend ihrer Ankunft, und Asta kehrte ohne einen Rum zum Tisch zurück. »Was ist«, fragte Marianne, »kein Geld oder keinen Durst.« Jetzt war es Asta, die bloß den Kopf schüttelte. Es sei nun genug, fand Jürgen, und Marianne meinte, sie müsse mal, könne hier aber nicht. »Laßt mich noch den Rest killen«, sagte Jürgen, hielt die Flasche über sein Glas, trank es dann in einem Zug aus, küßte Mariannes Scheitel, steckte seine Zigarren ein. Asta bemühte sich also nochmals zur Theke, zog etliche große Geldscheine aus dem Portemonnaie und versuchte, den Hageren anzusehen. Der erwiderte ihren Blick nicht gleich, doch nach einer Frist, die er wohl verstreichen ließ, um Gelassenheit zu demonstrieren, wanderten seine Augen hinauf zu denen der mindestens einen Kopf größeren Asta, und dann fixierten sie einander. Ohne daß der Kellner auch nur ein einziges Mal auf das Zahlbrett geschaut oder wenigstens kurz geblinzelt hätte, nahm seine linke Hand vier von Astas Scheinen, legte seine rechte einen kleinen Schein neben die übrigen. Nein, er zuckte mit keiner Wimper, auch nicht, als er leise sagte: »Pues hazlo tú misma« (Mach es selber). Nach diesem Satz erst schloß der Nicaraguaner die Lider, als blende ihn die Sonne, die ihm ja wirklich voll ins Gesicht schien, drehte sich um und entschwand durch einen Vorhang aus bunten Plastikstreifen, hinter denen Asta die Küche vermutete.

Am Ostermontag ging Asta, die nachts und alleine noch sehr viel Rum getrunken hatte, später als sonst hinunter. Sie wollte Zigaretten kaufen, aber die Bar war geschlossen. Öd lag der Strand, verlassen von den nicaraguanischen Urlaubern, die wahrscheinlich einen weiten Heimweg hatten und morgen wieder arbeiten mußten. Draußen auf dem Meer, das in der sinkenden Sonne leuchtete, schwammen ein paar schmutzfarbene Pelikane; ansonsten gab es hier nur noch den Hund, der zusammengerollt und zuckend zwischen den Wurzelsträngen der toten Akazie schlief. Eine ihrer Schüsseln, die mit dem Wasser, fand Asta fast unverändert, die andere ausgefressen und verschleppt, von Möwen, wie sie annahm. Marianne und Jürgen fragten Asta, ob es ihr recht sei, wenn sie in fünf Tagen über die nahe Grenze nach Costa Rica weiterreisten oder erst einmal nach Granada; sie hätten genug vom Hahnengeschrei am frühen Morgen, von den Salamandern an den Zimmerdecken, den fetten Fliegen überall, den Skorpionen, die so gern ins Haus kämen, und auch von Astas Hundetick. »Ach«, sagte Asta, »ihr meint wohl, in eurem Costa Rica oder Granada leben keine Geckos, die ihr Salamander nennt, und keine Skorpione?« Na sicher werde es die da geben, aber eben auch Affen und Papageien und uralte Inka-Tempel – »und außerdem Hotels mit klimatisierten Zimmern, Fernsehern, Swimmingpools, Frühstücksbüfetts ...« lockte Marianne.

Der Hund blieb bis Freitag wie er eben war, weder am Leben noch gestorben. Er nahm nichts zu sich, auch kein rohes Ei oder etwas von dem Wasser, das Asta gelegentlich erneuerte. Manchmal hinkte er ein bißchen umher, lag jedoch meistens, den Kopf unter den Pfoten, an seinem Lieblingsplatz. Er gab, wenn Asta kam, kein Zeichen des Erkennens, zeigte aber auch weniger Scheu, solange sie ihm nicht auf die Pelle rückte, was er kaum mehr zu befürchten hatte.

Am Samstagmorgen bat Asta Jürgen, noch einmal anzuhalten, unten an dem Betonkasten; sie sagte, daß sie Mariannes Fotoapparat schon schußbereit im Schoß habe und nur schnell ein Bild machen wolle von dem Hund. »Nicht, weil ich ihn sonst vergessen

könnte, und auch nicht zur Erinnerung; es soll bloß
kein Traum gewesen sein«, fügte sie leise hinzu.

Doch die Kuhle zwischen den Wurzeln war leer;
Asta fand den Hund nicht, nicht bei Felsbrocken,
nicht hinter den Kriechbäumen, nicht am ganzen
weiten Strand, den ihre Augen ableuchteten – so gut
es ging in der gleißenden Helligkeit und vor all dem
Wasser, dessen unaufhörlich sich kräuselnde, im
Takt der Gezeiten hin- und herschwappende Oberfläche die Sonnenstrahlen immer anders reflektierte, wie ein riesiger, verspiegelter, form- und ruhe-
loser Organismus.

»Es reicht!« schrie Jürgen, »Schluß! Ende!« – »Gleich!«
rief Asta zurück. »Nein, jetzt!« – Asta fuhr erschrocken
herum; sie hatte nicht bemerkt, daß die Freundin ihr
gefolgt war. »Komm! Granada wartet!« sagte Marianne. »Ach ja«, antwortete Asta, »worauf denn?«

Aber als Marianne sich wegdrehte und zur Straße
zurückging, lief Asta ihr nach, und Jürgen, der aus
dem Jeepfenster sah – und nun auch den Staub, den
die beiden Frauen aufwirbelten, startete wieder den
Motor.

BIOTOPISCHE ZUSTÄNDE

Von städtischer Fauna und Flora

BESUCH

Gegen Ende des Jahres, um die Zeit, da die Tage so kurz sind, wie es meine jüngere Jugend lang die meisten Nächte waren, da ich, außer dem glühwürmchenhaften Gefunzel der Elektrokerzenketten, in die der Gemeine Berliner seine Garten- oder Balkonkoniferen wieder viel zu früh gelegt hat, kaum mehr Licht sehe, nicht am Ende des Tunnels, und schon gar nicht das der Sonne, immer dann besuche ich einen alten Kumpel und Freund, von dem ich nicht einmal weiß, ob er noch der alte ist, der vom letzten Jahr, und der vielleicht auch nicht wirklich ein Kumpel sein kann oder ein Freund, weil er nämlich das Erdferkel ist.

Das Erdferkel haust artgenossenlos, aber wenigstens zusammen mit einer Bande Springhasen, im Nachttiertrakt des Zoologischen Gartens. (Ich möchte mal wissen, was an einem Zoo logisch sein soll und was Garten.) Gleich links, neben der Treppe, die zum Labyrinth dieses seltsam stillen Tropen-, Steppen-, Wüstenfaunabunkers hinabführt, befindet sich das infrarotglimmende Schaufenster, in dem es ausgestellt ist. Aber es steht nicht, das Erdferkel, niemals habe ich es stehenbleiben sehen. Ich habe es auch nie schlafend angetroffen, weil tagsüber, wenn der Zoo geöffnet hat, ja Nacht ist für die sogenannten nachtaktiven Viecher; und nachts, wenn kein Besucher reindarf, wird ihnen Tag vorgegaukelt, und vielleicht hauen sie sich dann ein bißchen aufs Ohr. Doch daß sie einmal wirklich schliefen, tief und fest, diese lebenden Exponate, das kann ich mir kaum vorstellen; zu wild, zu schrecklich wären ihre Träume – und so richtig Ruhe haben die wohl auch erst, wenn sie tot sind.

Das Erdferkel schnürt ununterbrochen die Scheibe seines etwa fünf mal fünf Meter großen Glaskastens entlang, von der linken Seitenwand zur rechten, von der rechten zur linken, wie aufgezogen. Dabei sind seine schwarzen Augen seltsam blicklos, irgendwie unbeseelt; hinterließe sein gebogener, beweglicher Riechkolben nicht etwas Feuchtigkeit am Glas, Rotz oder Kondenswasser, ich hielte es für einen Erdferkelautomaten, einen organogenen Roboter. Gelegentlich setzt sich das Erdferkel für den Bruchteil einer Sekunde auf den Hintern, schüttelt seinen eselsohrigen Kopf, bohrt dann, mit einer einzigen hammerschlagartigen Bewegung, seinen Rüssel in den Sand und zieht wie ein Pflug eine Furche bis zur Rückwand; dort wendet es, schlägt die nächste Schneise, bis seine Rüssel-Scheibe mit den beiden weit geöffneten Nasenlöchern auf die des Schaufensters prallt. Doch wieder schüttelt sich das Erdferkel nur kurz, als sei es tief in Gedanken oder völlig gedankenlos, kehrt neuerlich um, schiebt nochmals ab, den Rüssel bis zum Anschlag im Sand. Ziemlich gerade sind die Furchen und kreuzen und queren einander wie die Linien eines Schnittmusterbogens.

Das Erdferkel ist nicht nur das dickste, – ich frage mich, wie es bei solcher Rastlosigkeit so dick sein kann –, sondern auch das größte von all den hier gesammelten Nachttieren. Es ist viel größer als die Streifenbeutler, Senegallobis, Sumpfmokos, Nacktschwanzplumoris und Ginsterkatzen, sogar größer als die aufrecht gehenden, nein, tanzenden, geisterhaften, phosphoräugigen Lemuren, und es ist als einziges das einzige seiner Gattung. Es ist jämmerlich einsam und allein, allein mit den Springhasen, die schonmal über des Erdferkels runden Rücken hinweg einander in die Ecken jagen.

Wenn man eine Weile ausharrt bei dem Erdferkel, dann kann man es, durch die Schaufensterscheibe hindurch, leise schnaufen hören, und wenn man dem lange genug lauscht, meint man schließlich, in diesem zarten Schnaufen klinge etwas wie Seufzen mit und manchmal verhaltenes Stöhnen.

O ja, das Erdferkel dauert mich. All diese Kreaturen tun mir furchtbar leid, aber das Erdferkel ganz besonders. Und wenn ich ihm eine halbe Stunde zugesehen habe, beim Schnüren und beim Graben, und ebensolange zugehört, beim Schnaufen, Seufzen, Stöhnen, nicht erst dann wünsche ich mir, ich täte ihm auch ein bißchen leid. Aber ich bin Luft für das Erdferkel; nichts und niemanden scheint es wahrzunehmen, nicht einmal die respektlosen Springhasen oder sich selbst.

Also steige ich wieder auf, beleuchte mir den Kies-

weg zurück zum Hauptportal mit der Glut einer Zigarette und denke: So isses nun mit diesem Kumpel
und Freund, dem Erdferkel; es ist doch ein Kumpel
irgendwie, denn es ackert unter Tage, und eine Art
Freund ist es auch, denn ob es das nun weiß oder
nicht, es teilt mit mir das Leid der Dunkelheit, und
geteiltes Leid ist bekanntlich doppeltes Elend.

DIE ENTEN, DIE FRAUEN
UND DIE WAHRHEIT
Für W. H.

Drei Tage besuchte ich Hamburg, drei lange Tage,
und am letzten und längsten, einem sonnigen Sonntag, führte mich ein Freund, der vor Jahren hierher-
gezogen war, *auch* weil er als geborener Dresdener
die Elbe so liebt, an die Alster.
Was wir sahen, erfüllte den Tatbestand einer Idylle:
Hinab ins bräunliche, schale, an der Oberfläche zart
sich kräuselnde, schon ein wenig schaumige Alster-
wasser baumelten, wie grüne Haarsträhnen, die
Zweige der Trauerweiden. Auf grellweißen Segel-
booten, die, der Flaute wegen, vor sich hindüm-
pelten, lag, fettig glänzend und durchtrainiert, fast
nackte, dem androgynen Schönheitsideal der alten
Römer (oder Schweden?) erstaunlich nahe kom-
mende jugendliche Menschheit. Am Ufer entlang

flanierten bunt gekleidet Freizeit spielende Kleinst-
familien und ausgesprochen geschlechtsspezifisch,
aber dezent gestylte Individuen. Es wurde gelächelt,
gewunken, gegrüßt und geraucht.

Sicher wäre alles seinen gewohnten hamburgersom-
mermäßigen Alstersonntagsspaziergangsgang gegangen, wenn nicht unsere gelegentlich von den Art-
genossen ab- und zum Gestade hinschweifenden
Augen mit einem Male eine seltsam stille und darob
erst recht dramatische Szene erblickt hätten.

Da steckte, als suche er nach Futter, ein hübscher
Erpel immer wieder sein Köpfchen in das Wasser,
was ja zunächst auch einen durchaus entenüblichen
Eindruck machte. Aber bald bemerkten wir, daß der
Erpel nicht etwa mit einem aufgequollenen Bröt-
chen oder anderem Fressen wieder hochkam, sondern den erbärmlich klein und schlaff wirkenden
Kopf einer Ente im Schnabel hatte. Dran an dem
Entenkopf und dem einem Stück Fahrradschlauch
ähnlichen Hals hing, mit durchweichtem Gefieder,
ein lebloser Entenkörper. Die für ihn offenbar viel zu
schwere Ente entglitt dem Erpel und versank wie ein
Stein. Doch sogleich tauchte der Erpel der Ente nach,
packte sie nochmals am Hals, hielt ihren Kopf über
Wasser, bis er sie erneut loslassen mußte, weil sie ihn
sonst wohl mit sich gezogen hätte. Der Erpel tauchte,
zerrte, tauchte, konzentriert und unermüdlich; es
sah aus, als wollte er nicht glauben, daß die kleine
Ente ertrunken war, als könnte er die Hoffnung nicht

aufgeben, daß sie wieder zu atmen anfangen würde, wenn er es nur schaffte, mit seinem Schnabel den ihrigen lange genug an die Luft zu halten.

Die Szene hatte etwas Verzweifeltes und Ergreifendes, und aus der stetig wachsenden Gruppe des fast ausschließlich weiblichen Publikums verlautbarten die ersten spekulativen Deutungen der Situation. »Sie wird mit dem Fuß in irgendeinem Plastikmüll oder an einer schwarz ausgelegten Reuse hängengeblieben sein, deswegen ist sie abgesoffen«, rief eine Frau. »Wir brauchen sofort einen Kescher und einen Tierarzt, vielleicht ist da noch was zu machen«, eine andere. »Komm jetzt«, zischte, wohl weil der Trubel ihn nervte, durch seine Zähne der Freund der Elbe und meiner. Aber ich hörte nicht auf ihn, sondern gab nun auch meinen Senf dazu. »Das ist der Vater«, schrie ich, »der rettet sein Kind.« »Der Enterich weiß doch nicht, wie mausetot das andere is, er is ja man bloß'n Vogel«, variierte eine ältere Dame meine Hypothese. Ungerührt von all der Anteilnahme, schnappte der Erpel immer weiter immer wieder nach dem Hals des Kadavers, der offensichtlich nichts mehr wollte als endlich endgültig untergehen. »Der arme Entenpapa«, jammerte ein kleines Mädchen, »das arme Entchen«, seine Mutter.

Da trat, im dramaturgisch präzise gesetzten Moment, hinter dem Stamm einer kapitalen Trauerweide ein schmuddliger, unrasierter, etwa fünfzigjähriger Mann

hervor, warf sich in die Pose eines Mephistos der Auf-
klärung und sprach: »Quatsch. Ich habe das von Anfang an beobachtet. Der da ist der letzte von acht Er-
peln, die alle diese eine Ente fickten. Sie konnte schon
beim siebenten nicht mehr, da mußte er nun auch
noch kommen. Er ist in seinem dunklen Drang wie ein
Irrer auf sie drauf, noch mal und noch mal, und hat
nicht gemerkt, daß er ihr bloß den Rest gab und sonst
gar nichts. Fertig geworden ist er jedenfalls nicht. Nur
weil er sie zu Ende vögeln will, holt er sie immer wieder hoch, einen anderen Grund hat der nicht. Kommt
alles bloß davon, daß es zu viele Erpel gibt. Die werden gefüttert und gefüttert, und keiner stirbt mehr
weg im Winter. Und die mickrigen Erpel, die keine
von den großen Enten mehr abkriegen, die machen
dann die lütten kaputt, die vom letzten Sommer.«
Die polemische Gegenoffensive erfolgte prompt:
»Ach sein Sie doch still, Sie mit Ihrer dreckigen Män-
nerphantasie!« – »Na, Sie müssen es ja wissen, Sie
doofer, abgestürzter Sozialdarwinist.« – »Aber der
Vater kann er ja trotzdem sein.«
Ich schämte mich, weil ich die kitschige Variante
vom verstört ums Junge ringenden Vater aufgebracht
hatte und ahnte, daß der penetrante Naturbeobach-
ter die Wahrheit sprach. Doch als ich schon wieder
den Mund öffnete, um dies auch zu bekennen, faßte
mich mein alter Freund aus Dresden am Genick, zog
mich mit sich fort. »Laß es«, sagte er, »selbst wenn es
stimmt, richtig ist es nicht.«

LEIDENSCHAFTEN

Viele Menschen, die tief im Binnenland leben, zwischen Bergen und Tälern, kennen die Sehnsucht nach dem Meer, deshalb wollen sie, zumindest solange sie jung sind, oft Seefahrer werden; und manchen Matrosen hörte ich, der sein Pidginenglisch mit bayrischem Akzent sprach. Die Menschen an den Küsten dagegen träumen viel von Gipfelbesteigungen, Abfahrtsläufen und riesigen, sanftmütigen, Rumfäßchen am Hals tragenden Bernhardinern. Und die Menschen in den Städten, im Beton, zwischen Autos und S-Bahnen, die nun wiederum lieben sehr das Grüne, die Natur, den Dschungel – oder das, was sie dafür halten. In ihre ekkigen Wohnwaben schleppen sie Palmen, Gummibäume, Birkenfeigen, die sie gießen, düngen, umtopfen, entlausen. Und mit der Zeit macht sich mancher scheue Städter zum Gefangenen des eigenhändig angelegten, äußerst pflegebedürftigen, mehr oder weniger tropischen Terrariums und unternimmt immer seltener diese beschwerlichen Reisen in die vermüllten Parks oder zu jenen umländischen Sandkieferbeständen, die man hierzulande Wald nennt. Gänzlich entfallen, da man keinen vertrauenswürdigen Ersatzgärtner findet, längere, Wohnungsabstinenz erfordernde Auslandsaufenthalte. – Nein, unkompliziert und sozial sind sie nicht, unsere immergrünen Friedensfreunde; obwohl man des öfteren geduldig auf sie einredet, weil man glaubt, daß diese Art Zuwendung ihr Wachstum fördere, antworten Zimmerlinde, Kolbenfarn oder Geldbaum nie, in keiner einzigen dem Menschen verständlichen Sprache oder wenigstens Lautfolge; ja, sie heben nicht einmal ein Blatt zum Zeichen des Grußes. Sie haben eben keine Schlappohren und Wedelschwänze und apportieren nicht das Stöckchen; auch soll man seine Pflanzen weder kämmen noch mit Dosenmenüs füttern.

Aus all diesen Gründen kann die Flora allein des städtischen Menschen enormes Bedürfnis nach der Urexistenz – und auch sonst noch einigem – kaum so recht befriedigen. Zum ganzen Glück braucht der Städter außerdem und vor allem Vertreter der – seelischer Regungen entschieden fähigeren – faunischen Natur, schuppige und beflosste, geschnäbelte und geflügelte, behaarte oder kahle, schwimmende oder laufende, fußlose oder zwei- bis achtbeinige animalische Gefährten, sozusagen tierische Menschenfreunde. Und wer, na wer wohl, hat da nun die feuchte Schnuppernase ganz vorn? Vielleicht der Guppy? Der Kanarienvogel? Der Goldhamster? O nein! Schon länger, doch spätestens seit Weihnachten 1999, habe ich den Eindruck, daß im Kampf ums Herz – oder welches Organ auch immer über diverse Zuneigungen gebietet – des städtischen, speziell des Berliner Menschen der ergebene Hund endgültig obsiegt hat, sogar über die ebenfalls sehr beliebte, aber eigenwillige Katze, was ihm draußen, im richtigen wilden Leben, wo diese beiden einander mitunter noch begegnen – »wie Hund und Katze« eben –, eher selten gelingt. Nicht zuletzt liegt das wohl daran, daß man, obgleich mancher Rassekatzenpreis schon mal Rassehundeniveau erreicht, mit seiner Angora- oder Perserpussy nicht Gassi gehen, also sie – und vor allem sich – nicht zeigen kann. Denn mit einer widerstrebend fauchenden Mieze an der Leine gälte man gleich als Tierquäler, aber ohne eine solche käme das autonome Biest gar nicht erst mit. Gut, ich weiß, gelegentlich sieht man so etwas, eine geschminkte ältere Dame mit Hut und Muff und einer Katze, die im Geschirr geht wie ein mutiertes Schrumpfpony. Das erregt auch tatsächlich jedes Mal Aufsehen, doch ist diese Katze dann meist eine hinfällige Pensionärin, ein gebrochener, weil dressierter Charakter, die letzte Überlebende der gemischten Schmusetiergruppe eines längst pleite gegangenen Wanderzirkus. »Nee, nee, das ist nicht artgerecht«, knurrt da der wahre Faunafan und wendet sich ab in milder Entrüstung.

Also, wie gesagt, seit Ende Dezember 1999, seit sich auch die jüngsten drei Kinder aus unserem Sozialwohnungsbauhaus, das zugegebenermaßen schon immer irgendwie einem fünfstöckigen Hundezwinger ähnelte, von je einem süßen Prachtwelpen über das Glatteis im betonierten Hof bis direkt vor die Müllcontainer ziehen lassen und vier andere es gar schon zum Zweithund gebracht haben, ist mir klar, wer sich nun derzeit tatsächlich »des Menschen bester Freund« nennen kann.

Aber warum bloß hat der Hund das Rennen gemacht? Er riecht schlechter als die Katze, er frißt mehr, ist größer und lauter und geht nicht aufs Katzenklo. Wahrscheinlich ist gerade das zuletzt genannte *das* entscheidende Argument für den Hund. Man stelle sich folgendes Bild vor: Der städtische Mensch, zum Beispiel wieder der Berliner, der in der Regel weder Hühner noch Schafe hat und auch nicht im ursprünglichen Sinne ein Jäger ist, erhebt sich aus seinem Sessel, legt die Zeitung zur Seite und begibt sich – selbst im seit Menschengedenken härtesten Winter – an die sogenannte frische Luft, nur weil sein Hund mal muß. Doch vielleicht dient der liebe Köter dem Menschen als Vorwand und Stellvertreter. Der Nichtraucher, und ausredenrepertoireerweiternd natürlich auch der vorletzte Raucher, die behaupten nicht, sie wollten Zigaretten holen, »ich geh mal mit dem Hund raus«, sagen sie – und schon sind sie weg, Hunde und Herrchen, auf zwei kleine »Clausthaler« – oder so. Denn möglicherweise kommt es noch besser, und man begegnet einem Frauchen samt Hündin, vielleicht sogar einem Rüden mit einem Rivalen oder dem versoffenen Ex-Amateurboxer aus Nummer 12, der sich nicht einmal einen Pinscher leisten kann und trotzdem immer so guckt, als wolle er einem gleich in die Fresse hauen. – Die Stellvertretervariante ist die interessantere. Der Hund tut vieles, was das eine oder andere

Frauchen oder Herrchen auch gerne mal täte, sich aber nicht traut, weil es im Korsett der unabweislichen Konventionen steckt und weiß, daß mancher Versuch, sich davon zu befreien, das genaue Gegenteil bewirken könnte; bellen, jaulen, knurren und Bäume anpissen, das ginge gerade noch, doch die Stadt vollsch..., die einem sowieso immer weniger gefällt, darf nur der Hund. Zubeißen allerdings nicht, das sollten Frauchen und Herrchen doch besser selber machen; deren Zähne sind normalerweise nicht ganz so scharf, und außerdem haften Hunde nicht für ihre Halterinnen und Halter.

Eben bin ich von der Straße zurückgekehrt und nun fast bereit, diese ganzen Betrachtungen hier auf Hundeart in Fetzen zu reißen.

An einer Kreuzung kamen mir ein Mann und sein kleiner Hund entgegen. Dem Hund, einem äußerst fetten Glatthaardackel, hatte jemand, vermutlich kein anderer als Herrchen selbst, mit einem breiten, geflochtenen Ledergürtel einen einzelnen Rollschuh untergeschnallt, wohl damit er besser laufen kann und sein Hängebauch nicht den kalten Boden fegt. Ich war den Tränen nahe, als ich das sah. – Einmal so ein Hündchen sein, einmal derart praktisch geliebt werden und dann ... Ja, was dann?

MENSCH, KATZE

Wie kam ich bloß zu dieser Geschichte? Hat sie mir jemand erzählt? Las ich sie in einem verschollenen Buch oder im unerforschlich gleichmütigen Blick einer Katze? War sie ein Traum, an den ich mich bis heute erinnere? Alles zusammen womöglich? Ich kann es nicht sagen. Nur dies weiß ich genau: Jedesmal, wenn mir eine Katze begegnet, vielmehr ich ihr, denn eine Katze, die mich nicht sehen will, bekomme auch ich nicht zu Gesicht, – fällt mir wieder ein, wie das gewesen sein soll mit der Katze, dem Lieben Gott und dem Menschen.

Es war am Ende des vorletzten Tages der Schöpfung; die Sonne, die ja, wie die Gestirne alle, bereits existierte, ging gerade zum fünften Mal unter, da saß auf Gottes mächtiger, lehmbeschmadderter Töpferscheibe fix und fertig die Katze. Sie war prachtvoll, kleiner, aber getigerter als selbst der Tiger, ihr Fell, vom rosigen Näschen bis zum buschigen Schwanz, dicht und seidig, die Schnurrbarthaare, kühn geschwungen, zart und elastisch wie gesponnenes Silber, sträubten sich empor zu ihren beiden phosphorgrün leuchtenden Irisscheiben, in denen, ebenmäßigen Kernen gleich, die schwarzen Ellipsen der Pupillen steckten. Ihre gepolsterten Vorderpfoten standen eng beieinander; ohne zu blinzeln schaute sie an Jehova Gott rauf, runter und wieder rauf, als sei er nicht furchterregend riesig und umzuckt von Geistesblitzen.

Ob es daran lag, daß Gott Feierabend hatte, also schon ein wenig erschöpft war von der Mühsal der Schöpfung, oder ob er, wie jeder wahre Künstler, doch etwas Stolz empfand beim Anblick seines für heute letzten Geschöpfes, oder ob er, von plötzlichem Argwohn befallen, die Katze testen wollte, wer vermag das zu sagen. Jedenfalls ließ er die Lider über seine großen, strengen, aber grundgütigen Augen sinken; seine langen Wimpern warfen den Schatten der Barmherzigkeit über das braun-schwarz-gestreifte Wesen, und Gott sprach: »Du bist mir wohlgefällig, Katze. Und da mich, ob meines an dir so offensichtlich gewordenen Talents im Tiere-kneten, gute Laune anwandelt und du mir auch einen geschickten, unerschrockenen, hungrigen Eindruck machst, will ich, unter sämtlichen Kreaturen, die ich bislang schuf, dir allein ein Privileg gewähren. Du, Katze, darfst Mäuse fangen, denn an diesen dreisten Nagern wird es der Welt nicht mangeln.«

»Och«, murrte die Katze, »immer bloß Mäuse, das ist eine langweilige Kost«.

Da hob Gott schon ein wenig die Braue und räusperte sich, sagte dann aber – mit nicht mehr ganz so milder Stimme: »Na gut, weil du es bist, und weil ich die Vögel, obwohl sie weder säen noch ernten, ja doch ernähre, sei dir, die du ebensowenig säst und erntest, auch mal ein Vögelchen erlaubt.«

»Hm«, maulte die Katze, »jeden Tag Mäuse oder Vögel und am nächsten wieder Vögel oder Mäuse, das wird verdammt fad. Was iss'n mit Federmäusen?«

»Pah«, machte der Liebe Gott, »du meinst wohl *Fle-der*mäuse? Oder habe ich dich bloß falsch verstanden, weil du so eine kehlige Stimme hast? – Von mir aus; mach dich zum Affen vor der Eule, leg dich auf die Lauer, schlag dir die Nacht um die Ohren, und sollest du wirklich einmal so ein Vampirchen erwischen, laß ihn dir schmecken, den erbärmlichen Happen aus Pelz, Haut und Knochen.«

Die Schwanzspitze der Katze begann zu wippen, aus ihrer nun erhobenen Pfote lugten die scharfen Krallen, was jedoch alles andere war als ein Zeichen eifriger Dankbarkeit. »Wenn es so ist, Gott«, fauchte die Katze, »will ich eben auch den Menschen fressen.«

Hätte es ihm jetzt die Sprache verschlagen, wäre der Liebe Gott nicht der Liebe Gott. O nein, er schickte seiner Katze, während er tief Luft holte, einen Blick, der derart ungnädig war, daß sie wegsehen mußte; und dann polterte Gott los: »Bist du von Sinnen, du Bonsai-Bestie! Das kommt ja überhaupt nicht in die Tüte. Erstens habe ich den Menschen noch gar nicht fertig, und zweitens wird der die Krone der Schöpfung. Menschenfressen ist verboten. Und Schluß.«

»Ich will aber! Ich will, ich will, ich will . . .« schrie die Katze. Ihre Augen glühten giftgrün, die Haare auf ihrem Buckel sträubten sich und knisterten; ihr Schwanz wogte hin und her wie eine Palme im Sturm.

»Nein«, donnerte Gott.

»Doch«, rief die Katze.

So ging das eine Weile. Schließlich wurde dem Lieben Gott bewußt, daß er sich seit einer halben Stunde mit einer Katze stritt. Er schämte sich, denn er mußte sich eingestehen, daß er, der er schließlich der Liebe Gott war, sich noch lächerlicher aufführte als das kleine Tier in seinem Zorn. War die Katze so anmaßend, weil sie so schön war? Oder war es genau umgekehrt? Und für allzuviel feinen Instinkt sprach es auch nicht, daß sie es wagte, von Minute zu Minute respektloser, fordernder, unleidlicher vor ihrem Schöpfer und auf dessen Nerven herumtrampeln. Womöglich, erkannte Gott selbstkritisch, ist mir die Mieze nicht so wohl geraten, wie ich im ersten Moment geglaubt hatte. Aber da noch einmal nachbessern zu wollen, das ziemt sich nicht für ein Genie. Und außerdem weiß ich etwas, was die nicht weiß ... Gott schielte rüber zu seiner Weltzeituhr; er wollte endlich ein Gläschen trinken und sich ausruhen für den letzten Tag der Genesis, an dem es den Menschen zu formen galt, der ja immerhin sein Ebenbild werden sollte. Ergreif eine List, eitel wie die ist, fällt sie drauf rein, sagte er sich – und dann zur Katze: »Du hast gewonnen, Süße. Ich will mal nicht so sein. Meinetwegen, friß Menschen. Doch bevor Du einem von ihnen das Licht ausbläst, sollst du drei Vaterunser für mich beten, aber ganz andächtig, langsam und deutlich, bis zum letzten Wort.«

»Au ja«, jubelte die Katze, »das kann ich. Und dann wird er verputzt, der Mensch.«

Graziös wie keine nach ihr sprang Gottes Katze runter von der göttlichen Töpferscheibe, schlüpfte dem Herrn zwischen den Beinen hindurch und entwich in die sternklare Nacht.

Seither sucht die Katze unsere Gesellschaft, jagt die Mäuse in unserem Haus, Keller und Stall, legt uns Vögel vors Bett und ganz selten auch einmal eine Fledermaus. Und wenn der von ihr erwählte Mensch sich hinsetzt, um ein bißchen auszuruhen von *seinen* Werken, macht die Katze einen Satz in dessen Schoß, rollt sich zusammen, schließt die Augen, um sich besser konzentrieren zu können, und fängt gleich an, die Vaterunser herunterzuschnurren; sie betet und betet und betet, schläft aber jedes Mal dabei ein.

ZUM KURSKER BAHNHOF
Für R. J.

Weil wir zur falschen Stunde zum richtigen Treffpunkt gekommen waren, oder umgekehrt, und unsere Übersetzer Fjodor und Alexander verpaßt hatten, oder sie uns, saß ich mit einer Lyrikerin, einer jungen, naturblonden Schönheit aus Hessen, im Restaurant des *Kursker Bahnhofs*. Ich hatte die Lyrikerin

in dies Lokal manövriert, denn ich meinte, daß Fjodor und Alexander uns hier noch am ehesten finden
würden, wenn sie uns überhaupt suchten, und die
Lyrikerin, des Russischen nicht mächtig, war auf
mich angewiesen und ihr so nichts übriggeblieben,
als mir Gesellschaft zu leisten.

Die Lyrikerin ließ sich eine Tasse Tee bringen; was
sie dachte, weiß ich nicht. Ich trank ein schaumar-
mes, lauwarmes Bier und dachte an den hervorra-
genden, viel zu früh der »Russischen Krankheit« zum
Opfer gefallenen Wenedikt Jerofejew und sein be-
rühmtes Poem »Moskau-Petuschki«, dessen Held,
der Exbrigadier eines fünf Schnapsnasen zählenden
Telefonkabelverlegekollektivs, sich sein Leben lang
bemühte, einmal den Kreml zu sehen, im Suff aber
immer wieder den Roten Platz verfehlte und so eines
Tages in ebendies Restaurant am »Kursker Bahnhof«
geriet, wo er fürchtete, daß der Kronleuchter auf
ihn herabfallen könnte, weshalb er um 800 Gramm
Sherry bat, doch es gab nur »Beef Stroganof, Torte
und Euter«.

Es war noch früh am Abend, das Lokal gerade mal
halb voll, und anders als zu Jerofejews-, also Sowjet-
zeiten, spielte kein Radio. Ich wußte nicht, was ich
reden sollte zu der wegen des geplatzten Treffens
mit den Übersetzern säuerlichen Lyrikerin, da kam
in einem Rollstuhl ein wirr- und grauhaariger, dünner Mann kaum schätzbaren Alters an unseren Tisch
gefahren. Des Mannes rangabzeichenlose Militär-

jacke steckte bis zum Stehkragen voller nicht sehr ordentlich geordneter Orden; um seine Beine schlotterte eine blaue Arbeitshose, und er trug derbe Lederstiefel, obwohl schon beinahe Sommer war. Zwischen seinen Schenkeln hing, wie eine Schürze, ein großes kariertes Taschentuch, in dem ein paar Brotkrümel lagen, offenbar das Futter für den Spatzen, der jetzt vom Kronleuchter herabgeschwirrt kam und sich niederließ auf der linken Schulter des Mannes, der aus glänzenden Pupillen die Lyrikerin anstarrte.

»Oh«, sagte ich, »Sie haben einen Sperling. Wie ist das möglich!?« Ich war tatsächlich sehr erstaunt, denn ich weiß, daß sich allerlei Federvieh an den Menschen gewöhnt, doch einen zahmen Spatzen hatte ich noch nie gesehen.

Der Mann nahm den Spatzen von seiner Schulter, hielt das zart und gänzlich furchtlos piepsende Vögelchen nun lose in der Hand, antwortete mir aber nicht, sondern fragte die schöne Lyrikerin, ob sie vielleicht einen Schluck trinken wolle – auf seine und Flys Gesundheit. – Er sagte wirklich Fly. Ich dolmetschte, doch die Lyrikerin zog bloß ein belästigtes Gesicht, würdigte weder den Mann noch seinen Vogel eines Blickes und hielt eisern ihren roten Mund. Von Mal zu Mal dringlicher und lauter, schließlich richtig grob, wiederholte der wohl längst nicht mehr nüchterne Mann seine Frage, ob sie mit ihm trinke, vielleicht ja wenigstens einen Tee. Die Lyrikerin drehte ihre blauen Augen angeödet gen Kronleuchter. »Nun hab dich nicht so«, zischte ich – und bestellte im nächsten Moment Sherry für den Mann und mich. »Ist von ihr. Sie selbst darf leider nicht, hat Diabetes«, log ich. Aber der Mann ließ sich nichts vormachen; als die Kellnerin die beiden Gläser brachte, schüttelte er heftig seinen grauen Kopf, riß sich einen Orden von der Brust, dann noch einen und noch einen und noch einen ..., und warf sie alle der Lyrikerin hin. »Geschenk«, rief er, »ich will dir das schenken.« »Nimm die Dinger, lächle einmal, und laß uns abhauen«, beschwor ich leise die Lyrikerin. Sie jedoch, ebenfalls zornig geworden, schob den Blechhaufen so weit als möglich von sich weg und fiepte mit einer Stimme, die der des nun auch irgendwie aufgeregt klingenden Spatzen ähnelte: »No, it's enough, stop it.«

Aller Augen waren auf uns gerichtet; die ersten hämischen Bemerkungen fielen. Der Mann, der jetzt blaß war und schwitzte, rollte ganz nahe an die zurückweichende, mich dabei mit ihrem Hintern tiefer in die abgewetzte Sitzecke drängende Lyrikerin heran, drosch ihr seine rechte, noch immer den Spatzen umschließende Faust in den Schoß. »Für dich«, brüllte er, »nimm Fly.« – »Nein«, kreischte die Lyrikerin.

Der Mann straffte seinen Oberkörper; einen Moment lang schien es so, als könne er sich aus dem Rollstuhl erheben. Die Lyrikerin legte schutzsuchend oder demonstrativ ihre Arme um mich, der Mann die Faust, die den Spatzen barg, auf den Tisch.

Ich weiß nicht, ob außer uns dreien noch jemand das kleine, trockene Knacken hörte. Der Mann zog seinen wilden Blick ab vom blonden Scheitel der Lyrikerin, die ihr Gesicht wie ein erschrockenes Kind in meine Achselhöhle drückte, und öffnete die Faust; von seinen schräg uns zugeneigten, durchgebogenen, weißen Fingern glitt der reglose Fly auf die Tischplatte.

Der Mann nahm seine Hand zurück, schüttelte, ehe er es einsteckte, die Krümel aus dem karierten Schnupftuch und warf sich, was ihm Schwung gab, gegen die Lehne des Rollstuhls, den er nun wendete. Die ruckartig eingeschlagenen Räder quietschten – bis der Mann durch die Tür war, und für vielleicht drei Minuten herrschte Stille im Restaurant »Zum Kursker Bahnhof«.

WINTERLÖCHER

Erst vor zwei Tagen saß mir wieder einer schräg gegenüber an einem der stalleng beieinanderstehenden Singletische in dem Bistro Rosenthaler/Ecke Neue Schönhauser. Sah eigentlich (dies nur scheinbar leere Einschränkungs- oder Verzögerungswort sagt ja oft mehr als jedes Adjektiv) gut aus, der Mann, trug Boss und roch auch danach, sogar auf die

Distanz von zirka siebzig Zentimetern, die uns trennten – knapp genug. Denn obwohl mildes Kunstlicht herrschte und ich aus verschiedenen, eher unwichtigen Gründen bloß meine Ersatzbrille trug, entdeckte ich sie bald, die charakteristischen Löchlein in des Mannes Feinstrickjacke, durch die blütenweiß das Hemd schimmerte. Der hat also auch die Motten, dachte ich, schlagartig desillusioniert, wie schon öfter in den letzten Wochen, und meinte damit nicht jene verstaubte Metapher auf die ebenfalls zu Unrecht besiegt geglaubte Lungentuberkulose. Ich habe nämlich beobachtet, daß diese meist winzigen, dafür zahlreichen Fraßlöcher während der kalten, also entsprechende Kleidung erfordernden Jahreszeit besonders häufig an Männern, beziehungsweise deren Klamotten (aha, daher rührt das Wort!), zum Vorschein kommen, selbst an solchen, die aussehen, als legten sie Wert auf eine sogenannte gepflegte Erscheinung; aber womöglich ist das männliche Geschlecht nicht nur in puncto Farben das blindere. Sicher, ich habe auch eigene Erfahrungen mit eigenen Löchern in eigenen Pullovern, die mir so lieb und teuer waren, daß ich beschloß, der Sache (oder den Sachen) auf den Grund zu gehen:
Die Gemeine Kleidermotte gehört zur Gattung der Schmetterlinge, ist demnach eine Verwandte des schönen und in all seinen Entwicklungsstadien ausschließlich auf lebende Pflanzen fixierten Admirals, der jedoch, im Unterschied zu unserer Kleidermotte

(Tineola biseliella), das Licht nicht scheut und trotzdem immer seltener wird. Die Kleidermotte kann eine Länge von einem Zentimeter erreichen; sie ist gelblich bis weiß, glänzt speckig und steht der Lebensmittel- oder Mehlmotte (Ephestia kuehniella) wahrscheinlich noch näher als BSE der nV.CJK (neue Variante der Creutzfeldt-Jakob-Krankheit). Mancher Entomologe glaubt gar, Tineola biseliella könne sich mit Ephestia kuehniella kreuzen oder mutiere zumindest zu deren Futterkonkurrentin. Und tatsächlich wurden Kleidermotten schon im Knäckebrot, in Corn-flakes und Perlgraupen gefunden. Das sollte einen nun nicht gleich zu dem Trugschluß verleiten, daß man seinen Tineola biseliellae nur ein paar Krümel in den einen oder anderen Schrank streuen brauchte, und schon kämen sie raus aus der Wolle. O nein, worauf sie, richtiger: ihre Raupen, Appetit haben, auf Keksbruch und Früchtemüsli oder auf Angorastrumpf und Perserteppich, das bestimmen zunächst die Weibchen der Tineola biseliella, die – von ihren Eiern beschwert und darum völlig flugunfähig – in irgendwelchen Ritzen sitzen und den kleineren Männchen sexualhormonelle Botschaften senden, nicht erfolglos, wie sich versteht. Glücklich befruchtet, kriechen die Muttermotten schließlich noch ein Stück durch Raum und Nacht, legen ihre Eier ab und sterben. Und wenn diese Eier, wohl weil der Name doch verpflichtet, mal wieder in der Kleider- und nicht in der Vorratskammer gelandet sind, begeben sich einen Monat später Tausende Raupen auf die Suche nach dem Kleidermottenschlaraffenland. Dabei absolvieren sie unter Umständen ganz ordentliche Strecken, denn sie sind richtige dekadente Gourmets, geben sich nicht zufrieden mit dem erstbesten alten Schipullover und rasten nicht, bis sie den roten Kaschmirschal gefunden haben. Vielleicht wollte man schlau sein und hat das gute Stück in eine Folie geschweißt. Das hätte helfen können, doch nur, wenn man den Schal, wie andere so verwahrte Lebensmittel auch, in die Tiefkühltruhe gelegt hätte. Die Folie allein nutzt nämlich gar nichts, weil die Raupen ein kaum sichtbares Loch in die Verpackung beißen und dann viele Löchlein und Löcher in den Schal. Aber die Kälte, die hätte sie umgebracht, wenn sie ihr denn lange genug ausgesetzt gewesen wären. Ohnehin braucht die Kleidermotte Wärme, denn sie entwickelte sich erst mit dem Entstehen entsprechender Lebensbedingungen, wahrscheinlich mit der Erfindung der Kachelöfen im 18. Jahrhundert. Wenn das Klima stimmt und genügend Wollzeug in der Bude ist, am besten ungewaschenes, vielleicht auch noch mit ein paar Schuppen gewürztes, bringt es Tineola biseliella auf drei bis vier Generationen jährlich. Zudem feiern Kleidermotte und Konsorten – dank des mittlerweile weitverbreiteten Hangs zu ökologischer Lebensweise in Tateinheit mit luxusbewußter Abscheu gegen Kunstfasern – schon eine ganze Weile das große Comeback; ich jedenfalls sehe von Winter zu Winter mehr Löcher an mir – und manchem Mitmenschen, kunstgestopfte, lässig zusammengezurrte und sogar stolz präsentierte.

Gewiß, der Handel offeriert umweltverträgliche »Textilinsekten vergällende, präparierte Papierstreifen«, Lavendelsäckchen, Zedernholzscheibchen, ätherische Öle, Pheromon-Fallen, aber über derlei Schnulli lacht sich die Kleidermotte längst nicht mehr tot. Wie resistent Tineola biseliella geworden ist und wie ernst die Lage unserer Pullover, das wurde mir klar, als ich vor ein paar Wochen auf die einschlägigen Warenhausregale zuging und mich plötzlich ein Gestank aus Kindheitstagen anwehte: Naphthalin! Ja, es gibt sie wieder, die guten alten Mottenkugeln, denn die sind echtes Gift, also wirklich wirksam gegen Mottenfalter, Mottenlarven, Mottenraupen, Mottenpuppen. Auch Kammerjäger, die sich heutzutage lieber Schädlingsbekämpfer nennen, annoncieren neuerdings in der lokalen Presse ihre »Zuständigkeit bei hartnäckigem Mottenbefall«. Aber soweit, daß wir die auf unsere Kleidermotten loslassen, wie die New Yorker diese filmastronautenmäßig vermummten und bewaffneten *exterminators* auf ihre (durchaus pulloverfreundlichen!) *cockroachs*, soweit sind wir nun doch noch nicht.

AUSFLUG

Es war wieder soweit; jedenfalls stimmte die Jahreszeit. Außerdem war Sonntag, schlechtes Wetter und abnehmender Mond.

Ich stand morgens um acht am Ende des S-Bahnsteigs. In meinem Rücken und vor meiner Brust, überall hier, klebten diese Plakate, ältere und ganz frische, auf denen immer der gleiche putzige Comic-Maulwurf durch seine winzig kleine, schief sitzende John-Lennon-Brille pliert und, entsprechend beschriftete Transparentchen in seinen Grabschaufeln haltend, um Verständnis wirbt für die mit der ganzen Buddelei einhergehenden Nahverkehrswidrigkeiten.

Da, wo noch Platz war, neben und unter den Maulwürfen, hatten irgendwelche Wartezeitgenossen schriftliche Kommentare hinterlassen; etwa diesen besonders schönen: »Dem Maulwurf geht es an die Nerven / ständig maulen und dann noch werfen.« Andere, wahrscheinlich schwarzzahlende und -fahrende Anhänger einer nicht genehmigten Bürgerinitiative namens »Maulwurf for Wappentier«, die in dem fast blinden, pechfarbenen, bissigen, ungeselligen Untergründler idealistischerweise die einzige den Berlinern gemäße Alternative zum eh längst ausgestorbenen Braunbären sieht, haben etlichen der Plakat-Maulwürfe völlig korrekt kopierte Mauerkrönchen zwischen die nicht vorhandenen Ohren gemalt.

Doch nicht das ist es, was ich eigentlich erzählen wollte; ich hatte nur viel Zeit zum Schauen, weil ich so lange herumstehen mußte, denn es war ja Sonntag, und da ist nun immer eingleisiger, also Pendelverkehr. Endlich aber kam die S-Bahn Richtung Königs Wusterhausen. Ich stieg ein, mit meinem Korb und dem Klappmesser darin.

Weshalb hatte ich wieder einmal gehofft, ich sei die einzige, wenigstens die erste, frühmorgens um acht an einem regnerischen Sonntag Anfang September?

Sie saßen schon dicht bei dicht auf den Holzbänken, all die anderen, mit ihren Körben, ihren Klappmessern und diesem Ausdruck in den Augen, mißgünstig, gierig, wild, den nur jemand versteht, dem es auch so geht. Und wieder fragte ich mich, warum sie sich nicht an die Pommes mit Mayo hielten, die sie ohnehin am liebsten aßen, und wie sie Tschernobyl so schnell vergessen konnten, und ob das vielleicht herrührt von diversen Resten der Gene ihrer Vorfahren, dieser Pfifferlings-Polen und Trüffel-Franzosen. Oder sind die Leute mittlerweile womöglich derart verarmt, daß sie ihre Autos abschaffen mußten, und nun können sie nicht einmal mehr fünfzig Kilometer weiter östlich, hinter der Oder-Neiße-Grenze, billig diese Kisten und Tüten voller Maronen, Steinpilze oder eben Pfifferlinge kaufen?

Nach einer dreistündigen Reise mit sechsmaligem Umsteigen war endlich Ankunft Endstation, und aus schwärmten wir – in die lichten Nutzholzplantagen jener ländlichen Gegend am Rande unserer Stadt.

Es wurde ein saublöder Tag: Im faulen Gras narrten mich glänzende, braune Blätter. Ein einsamer Trichterling klebte auf einem Baumstumpf, fast bis zur Unkenntlichkeit zerlatscht. Am Wegesrande vergammelten sechs Scheibchen eines madigen Täublingsstiels. Allein ein paar Exemplare des schon vor Jahrzehnten – wohl aus Gründen der Selbsterhaltung – ungenießbar gewordenen Kahlen Kremplings führten mich, da sie von oben Maronen glichen, für einige Augenblicke trügerischen Glücks an der Pilznase herum. Zwischen den Kiefern, links und rechts von mir, lärmten ganze Familienverbände der Konkurrenz. Gelegentlich strauchelte ich auf dem glitschigen Waldboden, nasse Spinnweben blieben an meinen Wimpern hängen, und von den Ästen der Bäume, die ich streifte, tropfte mir Wasser ins Genick.

Der abnehmende Mond war gerade aufgegangen, als plötzlich ein feindlicher Pilzfreund aus einem Gebüsch hochsprang und sich mit gestrecktem Messer über eine große alte Rotkappe warf, genau in dem Moment, da ich das gleiche tat. Wie durch ein Wunder verletzten wir einander nicht ernsthaft; und um den morschen, matschen, naturgeschützten Röhrling lohnte das Streiten auch nicht.

In der S-Bahn sah ich ihn dann wieder, den anderen Sammler. Er saß auf der Heckbank, zwischen durchfeuchteten Menschen, die jenen ähnelten, mit denen wir hergekommen waren, und nun Kienäpfel, Fallobst, Laub oder leere Pfandflaschen in ihren Körben hatten.

Der andere hielt mir einen von seinen vier Pilzen unter die Nase. »Strubbelkopfwirrling«, sagte ich müde und zeigte ihm meinen einen. »Scheidenstreifling«, sprach der Mann, ohne zu erröten. Er hatte noch einen Waldfreundrübling, einen Grünspanträuschling und einen Langgestielten Pokalbecherling. Bei jedem Namen, den ich nannte, nickte er und lächelte wie im Traum. »Oh ja«, sagte er, »Sie verstehen was davon. Wollen Sie vielleicht noch ein Bier mit mir trinken?«

Schon in Wildau verließen wir die S-Bahn wieder, kippten unsere fünf Pilze auf die Gleise und gingen hinüber zum *Fröhlichen Hecht*.

SIE SIND SO VIELE UND ÜBERALL

Endlich wird dem Pilz – besser: dem Prinzip Pilz, denn kaum ein Eingeweihter vermag mehr zu entscheiden, ob die ominöse Lebensform Mycophyta, obwohl sie kein Chlorophyll enthält, eine hoch entwickelte Pflanze ist oder irgendwie doch schon zu den niederen Tieren gehört oder womöglich eine Sonderstellung zwischen Flora und Fauna einnimmt, – endlich also wird dieser, so weit wie keine andere verbreiteten, aber mit bloßem Auge in nicht vielen ihrer Erscheinungsformen sichtbaren und, zumindest uns Menschen, auch nur in verschwindend wenigen ihrer Gattungen bekömmlichen oder gar wohlschmeckenden, noch vor den Mikroorganismen artenreichsten Spezies überhaupt, – der Respekt zuteil, der ihr gebührt. Darauf haben wir Mykomanen, und vielleicht noch ein paar Frauenheilkundler, Hautärzte, Immunologen, Käseproduzenten, Bierbrauer oder Bäcker, die das Phänomen Pilz auch nicht ganz kaltlassen dürfte, lange gewartet.

Vor einem Monat konnte man es im Internet lesen, in allen E- und U-Blättern, und selbst »Der Spiegel« hat's gebracht: Im – gottlob fernen – Corvallis des nordwestlich gelegenen US-amerikanischen Bundesstaates Oregon haust, wie Forstbiologen ermittelten, zu Füßen eines Tannen-Douglasien-Mischwaldes ein achthundert Hektar großer serienmordender Untergründler, der Borkenkäfer und Konsorten uralt

aussehen läßt, obwohl er selbst, mit seinen mindestens 2400 Jahren, der älteste bislang gefundene
lebende Organismus aller Zeiten ist und mit ge-
schätzten sechshundert Tonnen, wenn man ihn denn
wiegen könnte (!), schwerer wäre als vier ausge-
wachsene Blauwale.

Nun handelt es sich bei dem – in mancherlei Hinsicht finsteren – Prachtkerl um nichts Exotischeres
als einen Armillaria ostoyae, einen Gewöhnlichen
oder Gemeinen Hallimasch, wie der deutschsprachige Sammler den Fruchtkörper dieses Pilzes nennt,
während, und hier irrt » Der Spiegel«, der Dunkle
oder Düstere Hallimasch nur eine Variante des Gewöhnlichen Hallimasch darstellt, die lateinisch zutreffenderweise Armillaria obscura heißt. – Doch
damit, daß Hallimasch »heil im Arsch« bedeutet und
eine aus dem Österreichischen stammende Bezeich-
nung ist, die herrührt von der für Schweine angeblich tödlichen, bei den meisten Menschen aber nur
stark abführenden Wirkung roh genossener Exemplare dieser zur Gruppe der Tricholomataceae gehörenden Art, – ja, damit hat »Der Spiegel« wiederum
recht.

Als das, was der Laie so unter Pilz versteht, erscheinen vom Hallimasch, der – wie alle der Klasse der
Ständerpilze zugeordneten Familien und Gattungen – im Verborgenen des Erdreiches wirkt, indem
er seine tentakelähnlichen, fadenfeinen Rizomorphe
in die Wurzeln und Stämme von abgestorbenen oder

noch, aber dann nicht mehr lange, lebenden Laub- und Nadelbäumen treibt, bloß die Früchte: büschelig auf kurzen, faserig-zähen Stielchen wachsende, bis zu zehn Zentimeter breite, mal fleischfarbene, mal honiggelbe, mal dunkelbraune feingeschuppte sogenannte Köpfe oder Hüte, aus denen, wenn sie – wie offenbar in den Blue Mountains – ungestört stehenbleiben und schließlich verfaulen dürfen, dem Zwecke der Fortpflanzung dienende, verschiedengeschlechtliche Sporen tropfen.

Der Hallimasch ist weltweit ausgesprochen häufig und sicher verantwortlich für manche haarsträubende Geschichte. Möglicherweise heulte der Werwolf im schottischen Hochmoor nur so gräßlich, weil der Anblick eines von anderen wilden Viechern freigelegten phosphorhaltigen und darum im Finstern Stephen-King-grün leuchtenden Hallimasch-Mycels ihm angst gemacht hatte.

Auch in Berlin muß man den Hallimasch nicht suchen; man kann von August bis November bei Nacht und bei Tag in Parks – und besonders auf Friedhöfen – über ihn stolpern oder ihm, sofern sie noch schön knackig aussehen, die Köpfe abschneiden und diese Köpfe zu Hause erst überbrühen und dann mit viel Speck mindestens eine halbe Stunde lang scharf braten. Man hat seinem Freund, dem Baum, einen Gefallen getan, und besser und billiger als Dosenchampignons sind die etwas schwer im Magen liegenden und bei empfindlichen Pilzfreunden selbst in gegartem Zustand noch verdauungsfördernden Parasitenteile zweifellos.

Überhaupt wird es dem Neugierigen, erst recht dem Mutigen, nicht versagt bleiben, mit Pilzen und durch sie viel zu erleben. – Nein, ich denke jetzt nicht an solches Mistzeug (im wahrsten Sinne des Wortes), wie diese – gewaltige Räusche samt noch unerforschten Nebenwirkungen auslösenden – Glockendüngerlinge, die in holländischen Kellern auf Kuhfladen gezüchtet werden und die man, weil auf dem weiten Feld des Pilzes noch manche Lücke im Betäubungsmittelgesetz klafft, übers Datennetz bestellen kann. Ebensowenig meine ich die törichten Experimente mit dem Panther- oder dem alten Ernst-Jünger-Kumpel Fliegenpilz, die, da sie alle beide Ibotensäure sowie das etwas weniger giftige Muscarin enthalten, auch die Sinne stimulieren, jedoch in erster Linie Leber und Nieren schädigen.
Leider fühle ich mich moralisch verpflichtet, auch vom orangefuchsigen Schleierling (Cortinarius orellanus) abzuraten, obwohl das hübsche und sogar der Zunge angenehme Geschöpf – dank des in ihm gespeicherten, sehr komplex wirkenden und ziemlich zuverlässig die Nierenfunktion lahmlegenden Giftes Orellanin – zum perfekten Mord taugt. Und wer kennt nicht mindestens einen gierigen, aber geizigen und auch sonst fiesen Gourmet, auf dessen Gesellschaft er gern verzichten würde?

Aus dem reichlichen Pfund, soviel sollten wir schon nehmen, Cortinarius orellanus, mit dem wir unseren Gast ein letztes Mal arglos bewirteten, könnte man uns schwerlich den Strick der beabsichtigten Tötung drehen – und nur die wäre ja ein streng zu ahndendes Verbrechen, – denn unsere orangefuchsigen Hautköpfe sind, aufgrund ihres Mangels an einprägsamen Merkmalen, kaum als Giftpilze zu erkennen, also mit anderen, eßbaren (!) Hautköpfen, Trichterlingen oder Schleierlingen leicht zu verwechseln; schließlich sind wir keine Experten. Außerdem käme es uns sehr entgegen, daß die frühesten schwachen Symptome erst nach der erstaunlich langen Inkubationszeit von bis zu fünfzehn Tagen auftreten würden und das Sterben an dem allmählich einsetzenden »unspezifischen Nierenversagen«, das der Trottel von Hausarzt diagnostiziert hätte, sich womöglich über Monate hinzöge.

Doch einen, wenigstens einen einzigen an sich harmlosen Pilz, der dem passionierten Hobbykoch, zumal diese Waldfrucht im uneingeschränkt genießbaren Schopftintling einen bekannten und beliebten Doppelgänger hat, auch viel Freude machen könnte, unschuldigere Freude, Schadenfreude, den darf ich wohl empfehlen?! Ich spreche vom Faltentintling, meinem alten, verläßlichen Freund aus längst verronnenen DDR-Tagen; falls der geneigte Leser weiß, was ich meine. Ich meine, daß es in diesem – übrigens durchaus Hallimasch-ähnlichen – Land, dessen Mycel womöglich doch nicht abgestorben ist, sondern bloß schlummert unter und zwischen den Industriebrachen Brandenburgs, Sachsens, Thüringens, ... Zeiten gab, in denen ich einfach keine Lust hatte, arbeiten zu gehen. Und was tat ich, wenn ich dem Joch der unabweislichen Pflichten für etwa eine Woche entrinnen wollte? Ich öffnete abends ein Glas vorsorglich eingeweckter Faltentintlinge, aß die auf, trank eine halbe Flasche Wodka dazu und legte mich schlafen. Sicher, ich schlief nicht besonders gut, hatte, wegen der unvermeidlichen Antabuswirkungen, die ein Faltentintlings-Alkohol-Dinner nebenbei eben auch auslöst, Herzklopfen und schwitzte. Aber am nächsten Morgen bestätigte mir ein Blick in den Spiegel, daß ich geworden war, wie ich sein wollte – und sollte – für den ein wenig Freiheit verheißenden Krankenschein. Wenn die Faltentintlinge noch recht frisch gewesen waren, gerade geerntete und dann roh runtergespülte sind natürlich am wirksamsten, sah ich aus wie das Negativ eines Fotos vom Pandabären: Stirn, Wangen, Lippen und Kinn blauviolett, Nasenspitze und die Bereiche um die Augen dagegen ganz bleich. – Ja, und so ging ich zum Doktor; es klappte immer.

Manch einer fragt jetzt vielleicht nach den Zusammenhängen. Es gibt folgende, relativ einfache Erklärung: Diese Verfärbung ist, wie das Herzrasen und die Schweißausbrüche, ein Teil des antabischen Prozesses, der sich nach dem Genuß von Faltentintlingen, aber ebenso Glimmer- und Rauhsportintlingen, im Körper vollzieht. Einige Mykologen sind der Auffassung, daß Alkohol den tintenschwarzen Farbstoff, dem die Pilze ihren Namen verdanken und den sie reichlich abgeben, wenn sie altern und schließlich zerfließend ihre Sporen verteilen, aus dem Fruchtfleisch löst und über die Blutbahn in die – unter der dünnen Gesichtshaut besonders feinen und dichten – Kapillargefäße befördert.

So, nun mag, wer will, Faltentintlinge sammeln, eine Suppe aufsetzen und sich einige ihm sehr liebe Menschen einladen; doch derjenige sollte bloß nicht vergessen, denen auch ordentlich Grappa zu reichen, am besten kurz bevor er die Tafel aufhebt. Unser – schlauerweise nüchtern gebliebener – Gastgeber wird am folgenden Tag weder blau sein noch einen Kater haben, aber einen vollen Anrufbeantworter; wie er mit den gestammelten oder gestöhnten Unmutsbekundungen dann umgeht, das allerdings überlasse ich ihm. Übrigens, wenn sich der eine oder andere Tischgenosse später vor Freude darüber, daß er nun wieder normal aussieht, ein paar Schnäpse gönnt, wird er erneut blau anlaufen; so intensiv wie beim erstenmal fällt die Verfärbung jedoch nicht mehr aus. Nach etwa siebzig Stunden, damit ließe sich die Frau oder der Mann vielleicht trösten, wirkt jedes Getränk wieder nur wie gewohnt.

Gut, bis hierher war alles Aufschnitt und Jux. Aber einen gibt es, einen kleinen, schlichten, fast schon beschämend ungiftigen und trotzdem zu Erstaunlichem fähigen Egerling, an dem hängt mein ganzes anarchistisches Herz, ihn, nur ihn allein, bewundere ich grenzenlos. Jawohl, den Stadtchampignon, – einen flachhütigen, gedrungenen Verwandten des schon erwähnten Dosen- oder Zuchtchampignons, der, seit sich das viel elegantere, schlechthin »Pilz« bedeutende französische Wort »Champignon« im deutschen Sprachgebrauch für die gesamte artenreiche Gattung Agaricus durchgesetzt hat, nur noch den Spezialisten auch als Scheidenegerling und Betonegerling gilt, – ihn nenne ich meinen Lieblingspilz! Um ihm zu begegnen, muß ich mich niemals dem Abenteuer des allwochenendlichen S-Bahn-Pendelverkehrs aussetzen, ja, darf ich gar nicht in den Wald, weil er Bäume geradezu meidet. Denn der eigentlich wohlschmeckende, aber eher graue als weiße, oft fleckige, holzig harte und dennoch meist schon im Jugendstadium wurmstichige Stadtchampignon ist, bis in seinen Namen hinein, ein wirklicher, ein echter Städter, ein Großstädter, und allemal ein Berliner – wie vielleicht noch manch anderer – und todsicher ich.

Dieser durchaus häufige Pilz lebt, ich gebe es ungern preis, zwischen Mai und November einzeln oder in kleinen Gruppen auf Baustellen und Verkehrsinseln, an Brückenpfeilern, Straßenecken, Bordsteinkanten. Er selbst läßt sich oft gar nicht blicken, nur die aufgeworfenen Pflastersteine und die hochstehenden

Gehwegplatten verraten ihn; das ist sein Werk! –
Wir haben ihn wieder einmal erwischt, den wacke-
ren Stadtchampignon! – Völlig zu Recht macht man
ihn verantwortlich für diese und manche andere Ver-
wüstung, auch für die Risse in den Mauern und für
die buckligen Asphalt- und Betondecken, die sich
mehr und mehr wölben und wellen, weil er unter
ihnen wächst, der Stadtchampignon, unaufhaltsam
und ganz ohne Licht.

Ja, die Pilze, man muß sie einfach gern haben. Ich
jedenfalls mag sie – alle, sogar die im Walde, die
getüpfelten, die glatten, die gesäumten, die behange-
nen, die veränderlichen, ... die unscheinbaren und
die prächtigen, die mageren und die fetten, die giftigen und die pikanten, auch die artigen und faden. –
So viele Pilze wie früher gibt es nicht mehr in den
versteppten Nadelwäldchen unseres »urbanen Bal-
lungszentrums«, die da anfangen, wo die Häuser
noch lange nicht aufhören. – Und selbst weiter
draußen gehen die Bestände zurück, auch ohne die
dilettantischen rheinischen Neuberliner, die sich
besser endlich an Pils gewöhnen und nicht länger
versuchen sollten, ihren gelangweilten Kindern die
Natur ausgerechnet anhand von Pilzen erklären zu
wollen, und sowieso ohne diese wetterfesten, ar-
gusäugigen Beute(l)geier aus dem Osten, die sich –
damals wie heute – sonntags und, sofern sie ar-
beitslos oder Rentner sind, sogar wochentags durch

Gebälk, Gebüsch und dichteste Schonungen schlagen. Manchmal bin ich bereits ein wenig getröstet, wenn ich mir bloß die hinreißenden fachliterarischen Namen aufsage, mit denen ich diese Igel, die immer schon da sind, während ich Hase noch davon träume, den Computer auszuschalten – und dann die Konkurrenz! –, beschimpfen will, wo immer ich sie treffe: Schnecklinge, Saftlinge, Mürblinge, Wulstlinge, Düngerlinge, Holzritterlinge, Gallentrichterlinge, Strubbelkopfwirrlinge, Stinkhelmlinge, Kahlköpfe, Gurkenschnitzlinge, Goldmistpilze, Glöckchennabelinge, Zwergschwindlinge, Stummelfüße, Mäuseschwanzrüblinge, Schleimschirmlinge, Afterleistlinge ...!

Nun ist es aber genug; ich hole jetzt mein Klappmesser und mein Körbchen und ziehe los.

EINE LEGENDE AUS DEM NAHEN OSTEN

»Olle Ingfried ist mal wieder was passiert«, sagte mein alter Schulfreund Gisbert, ein gelernter Bäcker und Konditor aus dem Dorfe P. im sagenumwobenen Havelland, dessen Mutter von sudetendeutsch-bäurischer Herkunft zeit ihres Lebens einen ausgeprägten Hang zu allem Germanischen hatte, und erzählte mir folgende Geschichte:

»Es war im Mai vergangenen Jahres, an einem der üblichen Sonnabendvormittage. Ich stand hinterm Tresen der›Linde‹, zapfte Bier. An der Theke lehnten die, die immer da sind. Wir palaverten, wie meistens, wenn wir nicht Fußball gucken, von dem Boden, den sie unseren Alten weggenommen hatten, damals bei der Kollektivierung der Landwirtschaft, davon, daß unsere schon bald nach der Vereinigung gestellten Ersuchen um Rückübertragung doch sehr schleppend behandelt würden, und von den unfähigen, Treuhand-korrumpierten Juristen, die uns in der Angelegenheit schon geschröpft, aber bislang doch nur verarscht hatten. Da flog die Tür auf, und herein kam kein anderer als mein grenzdebiler, seit dem Tage Drei nach der Mauer arbeitsloser Bruder Ingfried. Wie üblich hatte Ingfried sein Hemd verkehrt herum an, war aber noch ziemlich nüchtern, lachte trotzdem übers ganze Gesicht, schmiß eine Stubenlage mit Kompott und eröffnete uns, daß er gestern die schwiegerelterlichen tausend Quadratmeter wiederbekommen habe.

Wir alle wissen, der Naumannsche Besitz ist bloß ein einzeln hinten im Wald gelegener, von einer morschen Scheune verschandelter Flecken Feuchtwiese und nicht etwa straßennahes Gewerbebauland, wie die Filetstücke, die, da grünte nun neue Hoffnung aus den Ruinen unseres zum Kapitalismus konvertierten Glaubens an Vater Staat, eines Tages womöglich auch uns zurückgegeben würden. Also gratulierten wir Ingfried, prosteten ihm zu.

Jetzt erhob sich aus der Ecke am Fenster ein Gast, der nichts als Tee bestellt hatte und nicht von hier war, ein offensichtlicher Westler mit randloser Brille und rühreigelbem Flauschpullover, vor dem aufgeschlagen *Der Spiegel* lag. ›Bitte, lassen Sie sich auch von mir herzlich beglückwünschen‹, säuselte er, und daß es wohl doch so was wie Gerechtigkeit gebe, obwohl wir das, wie er wisse, gar nicht mehr für möglich gehalten hätten. Wir sollten ihm erlauben, zur Feier des Ereignisses eine Flasche Champagner zu spendieren. Ich hatte keinen Champagner, also tranken wir *Rotkäppchen*. Wir wurden immer lustiger und der Fremde immer neugieriger. Ob das Grundstück wirklich abseits liege, wie groß die Scheune sei, was Ingfried damit plane, wollte er hören. ›Nichts‹, antwortete Ingfried, ›ich plane nichts.‹ Darauf der Westler: ›Ich bin Therapeut, lehre Reiki, gebe Selbsterfahrungsseminare für Männer in Sinnkrisen, wir schreien uns frei, trommeln, singen. Aber ich habe Probleme, geeignete Orte zu finden – in der herrlichen Natur, wo wir niemanden stören. Eine Scheune wäre ideal, da hätten wir Schutz, wenn es regnet, könnten unsere Schlafsäcke ausbreiten, brüderlich beisammen sein. Ob wir die Scheune wohl nutzen dürften in den Sommerwochen? Ich biete Ihnen für Juni, Juli, August dreitausend Mark Miete pro Monat, im voraus selbstverständlich. Morgen gegen elf Uhr komme ich wieder, mit neuntausend in bar und einem Vertrag. Ich bitte Sie, lieber Ingfried, sich die Sache zu überlegen.‹ Sprach's, zahlte drei Flaschen *Rotkäppchen* halbtrocken und den Tee, und entschwand in einem nagelneuen blauen BMW.

Wir starrten Ingfried an, als hätte er das große Los gezogen. So war es ja auch irgendwie; neuntausend Glocken für einen abbruchreifen Preßluftschuppen hinterm Mond. ›Die dümmsten Bauern‹, sagte Bernd, ›ernten eben doch immer die größten Kartoffeln‹.

Und tatsächlich stand dieser schwule Therapeutenheini am Sonntag Punkt elf wieder bei uns auf der Matte, reichte Ingfried neunzig blaue Scheine, eine Mietquittung über drei Monate und seine Visitenkarte. ›Wenn es gut läuft‹, sagte er, ›können wir ja verlängern.‹

Die nächsten Wochen drehte ich den Bierhahn gar nicht mehr zu; Ingfried wohnte sozusagen in der ›Linde‹, warf mit Lagen um sich und gab an wie eine Tüte Mücken von seinem Sumpfgrund: daß er den

Westspinner schön über den Tisch gezogen und endlich ein feines Leben habe, denn jetzt würde er ein Konto eröffnen, und dann könnte ja sein Geld für ihn arbeiten, er habe sich schließlich lange genug krummgebuckelt. Der gebrauchte blaue BMW, den Ingfried sich angeschafft hatte, verstaubte neben unserer einzigen Telefonzelle. Ab Juli etwa ließ er wieder anschreiben, und ein paar Tage später war auch schon Ende August. ›Keine Panik‹, sagte Ingfried, ›der will bestimmt weitertrommeln. Ich kümmre mich darum.‹ Doch Ingfrieds Brief an die Adresse, die auf der Visitenkarte stand, kam zurück mit dem Stempelvermerk ›unbekannt verzogen‹. ›Hast du den denn mal besucht, oder wenigstens deine Scheune‹, fragte ich meinen doofen Bruder. ›Nö‹, antwortete Ingfried, stieg aber fünf Minuten später, blau wie er war, in sein blaues Auto. ›Warte‹, rief ich, weil ich wußte, daß der selbst besoffen nicht fahren kann, schloß die Kneipe ab, chauffierte uns zur Scheune. Sie stand noch da, einsam, verfallen und still wie immer. ›Na siehste‹, lallte Ingfried, der bloß schnell zurück in die ›Linde‹ wollte.

Ich weiß nicht, was mir schwante, wie ich auf den Gedanken kam, auszusteigen, das Scheunentor zu öffnen. – Die ganze schiefe Hütte war bis zu den Dachbalken vollgestapelt mit ausrangierten Kühlschränken; genau dreitausendzweihundertachtundvierzig zählten die von der Kripo später bei der Tatortbesichtigung! Die Geräte, schrieben sie Ingfried, habe er, weil der Westler garantiert untergetaucht sei und das ja nun sein Grund und Boden, wegen der drohenden Verseuchung mit FCKW binnen eines halben Jahres ordnungsgemäß zu entsorgen. Und wenn sie in den Wäldern ringsum auch nur einen alten Kühlschrank fänden, dann wüßten sie schon, wo der herkäme, also hingehöre.

Ich war mit Ingfried beim Anwalt, bei dem, der meine Rückübertragungsansprüche bewirtschaftet. Etwa zweihunderttausend wird es den eben noch so stolzen Landbesitzer Ingfried kosten, den giftigen Schrott wieder loszuwerden. Aber von uns borgt ihm keiner was!«

SKLAVENDREIECK

Als ich damals, vor zwei Jahren, anfing, ein Berlin-Buch zu schreiben, lebte ich noch nahezu ausschließlich in Wien und gab, wie ich es nannte, *das preußische U-Boot am Grunde der Donau* (die Wien bekanntlich links liegenläßt). Meiner Busenfeindin Berlin, der anstrengenden, aufreibenden, desolaten, die seit dem »Tage Eins nach der Mauer« einen, leider nur partiellen, Rückfall in ihre Vergangenheit durchlebt und deswegen – heute mehr denn je – vor allem dies ist: *ein schäbiger, zugiger Durchgangsbahnhof*, war ich glücklich entronnen. Und nun schaute ich U-Boot-mäßig, also am liebsten bei Nacht oder Nebel, auf die Stadt an der Wien (und neben der Donau), in der ich, nach Erlernen etlicher Austriazismen, so ziemlich jedes Wort verstand, aber doch angenehm »unheimisch«, um nicht zu sagen »fremd« blieb, distanziert wie Asterix: *Die spinnen, die Österreicher!* Was dort, in Wien, geschah, speziell fünfundneunzig, im Halbjahr der vorgezogenen Wahlen, war *auch* seltsam genug, ging mich jedoch – zumindest emotional – nicht viel an; Schwarz-Rot oder Gelb-Rot-Grün oder doch Schwarz-Blau oder wie? – *Deren* Jörg Haider war nicht meiner, und – bei allem berechtigten Mißtrauen gegen den Plural – nicht einmal *unserer*, kein Deutscher – und ein Berliner schon gar nicht.

In »meinem« *aus* dem Kleister und *auf* den Leim

gegangenen, noch ärmer und dabei noch viel groß-
kotziger gewordenen, auch im tiefbautechnischen
Sinne »aufgewühlten«, rappelköpfigen, chaotischen,
dreckigen Berlin dagegen mußte ich mich dauernd
echauffieren, fühlte mich für alles zuständig. Was
immer geschah, oder auch gerade nicht, es fuhr mir
durch die – bis heute nicht ganz geschlossene – Fon-
tanelle direkt ins Gemüt. Ein schwer erträglicher
Seelenzustand, in dem man für die Klapsmühle reift,
aber nicht als Mensch und Schriftstellerin.

Und so entzog ich mich, weil selbst der »(*Jacket*-)Kro-
ne der Schöpfung«, dem Menschen, bislang nur eine
biologisch begrenzte Zeit zur Verfügung steht, auch
dieser Situation, wie einer von mir unlösbaren oft,
durch nichts sonst als Flucht, dieses – vorläufig letzte –
Mal über Bukarest und Budapest nach Wien.

In meinem »preußischen U-Boot am Grunde der
Donau« fand ich eine Art Frieden und konnte endlich wieder etwas arbeiten, weit weg vom herzbe-
drückenden, mich – wie einen der selten gewordenen Spree-Kähne – mit schwarzer Schwermut über-
beladenden Berlin. Zwischen Kontemplation und
Konzentration, Inspiration und Transpiration, dem
»Böhmischen Prater« und dem Stephansdom
schrieb ich eine zweiteilige Novelle mit dem Titel
»Verfrühte Tierliebe«. Doch ich war kaum angelangt
am Ende des Manuskripts, aufgetaucht aus der Ver-
senkung, vorläufig fertig mit dem flüssigen Stoff,
den ich mal »meine Erinnerung« nennen will, und

hatte gerade damit begonnen, mich umzusehen in all dem Unvertrauten namens *Wien* und *Republik Österreich*, da merkte ich, daß das wohltuende Desinteresse, das für den Vorgang des Schreibens so nötig gewesen war, sich nicht einfach in sein Gegenteil verwandelte. Statt dessen geschah etwas anderes: Wie an einem Gummiband zog es mein Fühlen, mein Denken, ja mich selbst mit meiner ganzen ausgeprägten Physiologie, zurück zum »Gegenstand« meiner Flucht. Ich fing an, Zeitungen aus Berlin aufzutreiben, zu telefonieren, und schließlich fuhr ich hin. Immer öfter kehrte ich für immer länger zurück nach Berlin, obwohl es dort eher noch schlimmer geworden war. Ich wollte jetzt nicht mehr »abgehauen sein«: Irgendeine Erwachsenwerdung war mir passiert beim »Dichten« auf Tauchstation. Ich fühlte etwas, was ich, so peinlich es klingt, nur *Verantwortung* nennen kann, und ich mochte das. Also habe ich mich erst einmal verabschiedet vom Versteck, dem mir sicheren und in jeder Hinsicht teuren Wien, wenngleich nicht ganz, nicht für allzulange. Denn auch Berlin, da muß ich nun doch Biermann zitieren, kann man nur lieben wie seinesgleichen, »nur, wenn man die Freiheit hat, es zu verlassen«. Doch niemals mehr verlasse ich es derart gänzlich, »mit Haut und Haar«, weil ich schließlich kapieren mußte, daß ich ohne Berlin noch viel verlassener bin als Berlin ohne mich.

Ich schreibe dieser Monate, Wochen, Tage wieder

an diesem Buch, das wohl kaum die Chance hat, mein schönstes werden zu können, mich aber so sehr beschäftigt, daß ich nun auch keine Chance mehr für mich sehe, ihm noch länger auszuweichen, dem »Buch von den städtischen Existenzen«, deren Leben in einer Gegend, die gleichzeitig über sie herein- und unter ihnen zusammengebrochen ist, von Menschen im Beton, Menschen mit wenig und nichts, Menschen, die unentwegt unterwegs sind, dazwischen/dabei auch solche, die es eigentlich (laut Gesetz) gar nicht gibt. Ich schreibe davon, wie ich ihnen begegne, den Auch-Berlinern, meinen Mit-Städtern, von den Aggressionen, die »Solche-wie-ich« hervorrufen bei »Solchen-wie-denen«, und von *den* Aggressionen, die »Solche-wie-die« auslösen bei »Solchen-wie-mir«; etwa wenn wir alle zusammen unterwegs sind mit der »offenen Anstalt«, wie ich den »Städtischen Nahverkehr« nenne, und »Solche-wie-die« mich finster anstarren aus glasigroten Augen, als hätte *ich* ihre Sozialhilfe versoffen, dabei waren sie es ganz alleine, obwohl »Manche-von-denen« schon lange nicht mehr so *ganz* alleine sind – und überhaupt bald in der Mehrzahl. Ich schreibe von den Wolken, die über uns herauf- und herziehen, und die, zumindest was Deutschland anbelangt, in Berlin am dichtesten und dunkelsten zu sein scheinen.

Denn ja, ja und ja, oder sollte ich sagen »jawoll«, ich will es nie mehr leugnen (das hat bekanntlich eh keinen Zweck!), – auch ich bin eine von denen, über die ein »melancholerischer« Autor, der in Berlins Nordwesten, in Moabits Lübecker Straße, geborene jüdische Berliner Kurt Tucholsky, einmal enttäuscht und rüde und sich selber einbeziehend sagte: »dummfrech und ohne Herzensbildung«, – eine von diesen Berlinern.

Zur damals, 1951, zwei Jahre nach Gründung der DDR, sogar für uns »Zonis« noch *offenen* Welt gekommen bin ich gleich hinterm Fernbahnhof des Stadtbezirks Lichtenberg, den wir – leider auch heute noch zutreffenderweise – immer nur »Dunkeltal« nannten; genau wie uns Schöneweide, eine der beiden weiteren östlichen Bahnhofsgegenden, nie etwas anderes war als »Schweineöde«. Weil ich außerdem im Laufe der Zeit irgendwie zu einer Schriftstellerin heranalterte und seit 1984, seit meiner Ausreise aus dem Berliner Osten und vor meiner Flucht nach Bukarest, Budapest, Wien, *in* oder richtiger *auf* Tiergarten lebte, jener Insel mitten in der Stadt, die lange Zeit feucht-sumpfig und allein vom eingezäunten kurfürstlichen Rotwild »*behaust*« war, dann aber von Ausländern, aus Frankreich vertriebenen Hugenotten, trockengelegt und zwecks Seidenraupenzucht mit Maulbeerbäumen bepflanzt wurde, sich aber mittlerweile (unter anderem) durch einundzwanzig Brücken, einen Hafen, einen Großmarkt, diverse Bauwüsten, fünf Knäste sowie die schaurigsten Spelunken der Stadt auszeichnet, will ich Ihnen, liebe Leserin, lieber Leser, nun die Skizze, den Entwurf einer Geschichte zumuten, der zweiten von insgesamt sechs, die mich seit meinem letzten fertigen Buch beschäftigen, Geschichten mit mehreren oder gar keinen Pointen, – ganz im Sinne meines hier frei zitierten Robert Gernhardtschen Lieblingsreims: »Da! Schon saust das nächste Ei / messerscharf am Nest vorbei«, Geschichten von der nicht so richtig putzigen, eher weniger salonfähigen Art, Geschichten, die sich auf einem – vom neuerdings wieder schärferen Zahn der Zeit ziemlich zernagten – kaum zehn Quadratkilometer großen Gelände ab-»spielen«, das mich, deshalb oder trotzdem, mehr als alle übrigen »Teile« und »Stücke« Berlins an- und runterzieht: Tucholskys Nordwesten, Tiergarten, Moabit.

Mitten durch diesen Tiergartenteil namens Moabit zieht sich die leidlich berühmte Turmstraße, ein Freizeit- und Shopping-Paradies für Arme, mit drei Porno-Kinos, vier Spielhallen, »Penny«- und »Plus«-Markt, »Rudis Resterampe« und gleich zwei »Aldis«.

Im Oktober vergangenen Jahres, an einem der – in Berlin so häufigen – lieblichen Herbsttage, überquerte ich fortgeschrittenen Morgens jene Turmstraße Richtung »Aldi« II; und was war da nicht schon wieder alles los! Die Musik spielte aus weit geöffneten Fenstern, Elvis und türkische Männerchöre, Fahrräder dösten vor dem Copy-Center in der Sonne; parklückenlos reihte sich Reisebus an Reisebus. Aus dem »Aldi« raus wand sich träge der Schwanz einer Menschenschlange, Kinder nuckelten Cola aus bunten Blechdosen, Köter zerrten heulend an Laternenmasten, Pollern und Briefkästen, an denen ihre Halterinnen und Halter sie festgeleint hatten. Auf dem Sims vor der von innen mit Sonderangebotsplakaten zugeklebten Schaufensterscheibe saßen – sicher nicht *ganz* bequem – drei ältere Damen in legerer Garderobe und begutachteten den Betrieb: zur Seitentür des »Aldi«-Ladens herauswuselnde, von großen, eckigen Plastiktaschen krummgezogene Leute, die – nicht ohne ein gewisses akrobatisches Geschick – schwer lenkbare, mit Aberdutzenden von Instant-Zitronentee-Schraubgläsern und Sangria-Tetra-Paks hoch beladene Einkaufswagen zu den Bussen manövrierten.

»Kommt man ja nur noch mit'm polnischen Paß rein«, sagte die Graugelockte im orangen Sweatshirt über einem azurblauen Faltenrock. »Wenn die wenigstens Haferflocken kaufen würden für ihre Gören da hinten im Wald«, antwortete die Rundliche mit der riesenschmetterlingsförmigen Perlenstickerei auf dem Vorderteil ihres gelben Angorastrickkleidchens. »Schmeckt ja janich, dis klebrije spanische Zeuch«, verkündete, mit ausgestrecktem Finger auf die Sangria-Tüten weisend, die Graugelockte. »Laß ma, vor zwanzich Jahre ham wir dis ooch janz jerne jesoffen«, meinte nun, in tiefem, versöhnlichem Tonfall, die bis zum spitzen Kinn von einem flatterärmligen, schwarzen Etwas verhüllte dritte und fügte seufzend hinzu: »Na jut, *ein* Bier jeb ick aus.«

Die Damen nahmen ihre Hintern vom Sims, blokkierten kurz die Einkaufswagenstrecke, teilten, jede für sich, an drei verschiedenen Stellen die Warteschlange und entschwanden meinem Blick – nacheinander um dieselbe biegend – Turm-/Ecke Gotzkowskystraße.

Am späten Abend dieses Tages setzte mich ein Taxi an genau dieser Ecke wieder ab. Ich war zu aufgewühlt von der miesen Theatervorstellung, die ich gesehen hatte, um gleich ins Bett zu wollen, und dieses Segment Moabits, das »Sklavendreieck« genannt, ist ja nachts noch interessanter als tagsüber.

Doch hier muß ich wohl erst einmal erklären, was der Ausdruck »Sklavendreieck« bedeutet. Er bezieht sich auf ein Gebiet, das natürlich gar kein Dreieck bildet, sondern zwei Vierecke, und in dem auch nicht allein die sogenannten »Sklaven« unterwegs sind. Es umfaßt die Beusselstraße bis zum Großmarkt an der Beusselbrücke, das Stück Turmstraße von der Ecke Beusselstraße bis zur Ecke Waldstraße und die Gotzkowskystraße bis zur Gotzkowskybrücke; seine »besten« Adressen heißen: »Das weiße Ferkel«, »Die faule Biene«, »Die Oase« und – ganz wichtig – »Die feuchte Welle«. »Das kleine Versteck«, »Die gute Laune« und »Das Balkanfeuer« gehören ebenfalls dazu, werden aber seltener frequentiert.

»Sklaven« nennen sich die – im wahrsten Sinne des Wortes – *durch die Bank* eher mehr als weniger verarmten, meist obdachlosen Gelegenheitsarbeiter aller Nationalitäten, die, mindestens von Frühjahr bis Spätherbst, manche auch den Winter über, jeden Morgen zwischen halb vier und gegen sieben einigermaßen unauffällig auf der zur Brücke führenden Seite der Beusselstraße umherlaufen, um dann in kurz anhaltende Fahrzeuge, oft kleinere Lieferwagen, einzusteigen. Diese Autos bringen die »Sklaven« zu irgendwelchen Tagesjobs für fünf bis acht Mark die Stunde »bar auf die Kralle«, – Häuser verputzen, Fenster streichen, Abrißholz zusammenschleppen, Gruben ausheben, – eben irgendwelche Knochenarbeiten, die überall immer mal anfallen. Wer zu alt aussieht oder nicht nüchtern genug, wird nicht mitgenommen; der läuft weiter bis zum Fruchthof des Gemüsegroßmarktes oder dreht ab zum Nordhafen und versucht es dort.

Am frühen Nachmittag lassen sich viele dieser Männer, und die »Sklaven« sind ausschließlich Männer, vor der Beusselbrücke wieder absetzen; jene, die nicht das Glück hatten, zurückgebracht zu werden, reisen von ihren »Stellen« her extra an. Das liegt am »Weißen Ferkel«, da gibt es billiges, gutes Essen, mittlerweile auch immer was Vegetarisches für die Moslems und andere Spezialköstler, dazu Schrippen ohne Ende. Wenn man ein bißchen bekannt ist bei der »Ferkel«-Wirtin – »habt *ihr* ein Schwein, daß ihr *mich* habt«, sagt sie gerne –, kann man auch drei-, viermal anschreiben lassen. Und man *ist* inzwischen bekannt, auch untereinander, und mag vielleicht zusammen weiter herumziehen, denn um sechs Uhr abends macht das »Weiße Ferkel« dicht. Man hat was Warmes im Bauch, das ist wichtig, wenn man Kalorien verbraucht »wie einer beim Gleisbau«. Nun darf es auch das erste Bierchen sein, ein wohlverdientes Feierabendbier. Und wo trinkt man das, wenn nicht in der »Faulen Biene«? Hier hocken die einen verkrampft vor den Spielautomaten, die anderen reden ein wenig – welcher »Sklavensammler« zu bescheißen versucht, welche Arbeit besser ist, welche schlechter, aber nie über den »Lohn«, das wäre unanständig, deprimierend sowieso. Irgendwann ist es etwa zehn. Wer nun nicht zu einem Kumpel kann oder sonstwohin will, notfalls doch wieder in den Park auf die Bank, und bereit ist, eine Mark mehr auszugeben, der geht in die »Oase«. Aber nicht wenige sind jetzt schon reif für die »Feuchte Welle«, die letzte Station dieser Nacht, die, spätestens ab zwölf, auch jene aufsuchen werden, die im Moment gerade noch wach, reich und durstig genug sind für die »Oase«, das »Balkanfeuer«, das »Kleine Versteck« oder die »Gute Laune«.

Der Zapfer der »Feuchten Welle«, ein gewisser Egon, ist keineswegs *Der gute Mensch von Moabit*. Dennoch hat sich herumgesprochen, daß diese Kneipe die einzige in der Gegend ist, die noch niemals auch nur eine halbe Stunde lang geschlossen hatte, und daß Egon die Leute schlafen läßt, ihnen bloß alle zwei, drei Stunden ein neues kleines Bier hinstellt, ob es getrunken wird oder nicht. Das macht pro Nacht und Nase zwischen sechs achtzig und neun zwanzig ohne Trinkgeld. Und dafür sitzt man im Trockenen, Warmen und ist nicht allein, also relativ sicher – bis zum allgemeinen Wecken/Aufstehen, bis es wieder Zeit ist für den »Sklavenstrich«. Die sonstigen Gäste nehmen Rücksicht, stänkern und brüllen selten; sogar die Jukebox spielt die alten Hits leiser als in den anderen Kaschemmen.

Allein Freitagnacht geht es nicht gerade zahm zu in der »Feuchten Welle«. – Sollten Sie, liebe Leserin, lieber Leser, die »Feuchte Welle« einmal kennenlernen wollen, kommen Sie freitags, möglichst nicht vor Anbruch der Geisterstunde! – Freitags, wenn die »Wandersklaven« für die zwei arbeitsfreien Tage Richtung Prag, Warschau, Budapest abgereist sind, haben sich etliche der »legal, illegal, oder scheißegal« in Berlin lebenden ausländischen und fast alle deutschen »Beussel-Sklaven« nicht bloß flüchtig auf irgendeinem Kneipenklo gewaschen, sondern in den Kabinen der Bahnhöfe oder einer Bade-»Anstalt« geduscht. Sie haben ihre guten Sachen aus den Schließfächern geholt und die Taschen voller Geld und Schwarzmarktzigaretten. Auch viele ebenso klamme wie durstige Vertreter der »nicht arbeitenden Bevölkerung« und Frauen sind plötzlich im Lokal, gewerbliche wie private. Die »Privaten«, meist nicht mehr so junge, aber fröhliche, zutrauliche Berlinerinnen, sind begehrter. Den heute solventen und durchaus spendierfreudigen »Sklaven«

geht es um ein schönes, vor allem erholsames Wochenende, ausschlafen in einem Bett, vögeln, fernsehen, vielleicht Anschluß und Unterkunft für etwas länger. Die Sektkorken fliegen, es wird getanzt, gelacht, geweint – vor Freude – und vor Kummer auch. So manche hat schon manchen guten Griff getan in der »Feuchten Welle«, allemal einen besseren als bei den verkehrten Bällen; das spricht sich rum unter den einsamen Herzen, unter den Abzockerinnen natürlich genauso.

Ich stieg also aus dem Taxi in jener Nacht, es war nicht die zum Samstag, und hatte noch Lust auf Menschen, vielleicht ein Getränk dazu. Und ja, es stimmt, ich gehe gerne in die »Feuchte Welle«, nicht nur aus Voyeurismus, nicht bloß, weil ich ein Buch schreiben will; da ist es ruhig, unter der Woche nicht zu leer, nicht zu voll. Manchmal kommen ein paar aufgekratzte Nachtschwärmer vorbei, die einem was erzählen. Wenn nicht, macht der Anblick der schlafenden Männer müde, als hätte man Valium in seiner »Pfälzer Beerenauslese«.

Auf der Bordsteinkante, zwischen zwei ziemlich hohen Türmen, einem aus Instant-Zitronentee-Schraubgläsern und einem aus Sangria-Tetra-Paks, saß, mit dem Rücken zur weit geöffneten Tür der »Feuchten Welle«, ein Mann in einem metallicgrünen Jogginganzug.

O, dachte ich, was ist denn hier passiert? Das kann

doch nur ein Pole sein, den sie aus irgendeinem Grund vergessen haben. Vielleicht hat er seinen Bus nicht mehr gekriegt oder den falschen, oder sein Bus hatte eine Panne und ist gar nicht gekommen, oder er hatte Streit mit seinen Leuten, und sie haben ihn deshalb nicht mitgenommen.

Wohl wahr, der Mann interessierte mich sehr; fast reglos saß er da, breitbeinig, die Ellenbogen auf die Knie gestützt, das Gesicht in den Händen.

Wahrscheinlich war es eine Nacht zum Sonntag; vielleicht lag es auch daran, daß – seit einer Woche schon – nicht der übliche Egon hinterm Bierhahn stand, sondern ein anderer, eine bullige, meist schlecht gelaunte Urlaubsvertretung namens Paul. Jedenfalls erblickte ich, als ich eintrat in die »Feuchte Welle«, außer Paul, dem Zapfer, nur drei Gäste; drei von denen, die so oft da sind, daß sie einen kennen und grüßen, auch wenn man selbst zu denen gehört, die selten kommen. Diese Gäste, das waren Moosjacke, ein schon recht alter Mann in immer dem gleichen, weiß Gott zeitlosen, olivgrüngrauen Jackett, Rainer, ein Thüringer, der erst seit etwa einem Jahr regelmäßig hierherkommt, immer mit dem Fahrrad, also wahrscheinlich von jenseits des Lehrter Bahnhofs, und Sushi, ein Vietnamese, der gut Deutsch spricht und als Koch in einem wirklich akzeptablen italienischen Restaurant auf der Waldstraße arbeitet.

Die drei standen nahe der Tür am Tresen, schauten immer mal raus zu dem zwischen seinen Einkäufen auf dem Bordstein hockenden Mann, flüsterten mit Paul, lachten, tranken einen Schluck, flüsterten wieder.

Ich setzte mich an einen Tisch, ebenfalls in Türnähe. Ich hatte das deutliche Gefühl, daß hier heute noch etwas passieren würde, daß diese Kerle da, am und hinter dem Tresen, dabei waren, irgend etwas auszuhecken. Und richtig, ein paar Momente später tänzelte Moosjacke, vorsichtig ein großes, frisch gezapftes Bier tragend, in der Pose eines Oberkellners hinaus auf die Straße. »*Proszę, napijesz się piwa?*« (Bitte, Herr, wollen Sie ein Bier trinken?) sagte er laut und in astreinem Polnisch zu dem Mann. Wir in der »Feuchten Welle« Verbliebenen schauten gespannt auf die Szene. Moosjacke neigte sich elegant ein wenig vor, bot einladend das schaumgekrönte Bier dar, wiederholte seine Frage: »*Proszę, napijesz się piwa?*« Der Mann sprang hoch, offensichtlich tief erschrocken. Seine Reaktion war so heftig, daß ich einen Augenblick lang zweifelte, ob er die Worte, die Moosjacke zu ihm sprach, überhaupt verstand. Aber dann schüttelte er energisch den Kopf, sagte, mit starkem polnischen Akzent, mehrmals das deutsche Wort »nein«. Es klang parodieartig böse und entschieden. – Vermutlich war der Pole anfangs nur so entsetzt gewesen, weil ihn hier, in dieser Stadt, fünfzig Kilometer hinter der polnischen Grenze, noch niemals ein Nicht-Landsmann in seiner Sprache angeredet hatte.

Mit gespielt gekränkter Miene kam Moosjacke zurück zum Tresen und trank das Bier selbst – in einem Zug. »Mensch, du kannst das aber gut; dabei war ich bestimmt viel öfter in Polen als du. Wo hast'n das gelernt?« sagte erfreut und beeindruckt der Thüringer. »Weiß nich, von damals, von heute, vonne Baustelle? Und viel mehr als das kann ich auch nich sprechen. Bißchen verstehen schon«, antwortete Moosjacke, und ich überlegte, was er wohl mit »damals« meinte.

Moosjacke ging noch drei-, viermal mit gefüllten Tulpen hinaus zu dem Polen. Zwischendurch wurde am Tresen geflüstert, gelacht, – und irgendwann war des Polen Widerstand gebrochen. So freundlich hatte Moosjacke dem wohl seit vielen Stunden in der – wenigstens milden – Frühherbstnacht sitzenden Mann immer wieder ein Bier vor die Nase gehalten, daß der nach einiger Zeit gar nicht mehr wußte, wie oder warum er weiter ablehnen sollte, und Durst, das sah man daran, wie er das fünfte der angebotenen Gläser endlich nahm, ansetzte, austrank, hatte er sowieso schon lange.

Nun war das Eis geschmolzen; nacheinander gingen wir hinaus zu dem Mann und brachten ihm Biere, Moosjacke zwei, Sushi eins, Rainer eins und der Zapfer Paul und ich auch je eines. Nicht gerade lächelnd, aber immerhin gnädig nickend und ein »dziękuję«, also ein »Danke« murmelnd, nahm der Pole unsere Getränkespenden entgegen.

Seltsamerweise hatte sich inzwischen noch immer kein weiterer Gast zu uns gesellt; es war, als hätte wenigstens die Personnage dieses Stegreifstückes von vornherein festgestanden. Aber die Stimmung gedieh prächtig; keiner von uns war mehr nüchtern. Dennoch wurde ich das Gefühl nicht los, daß die eigentlichen Ereignisse erst bevorstanden.

Und es kam *der* Moment, da erhob sich Moosjacke wieder einmal, taumelte, mit keinem anderen als seinem eigenen Glas in der Hand, hinaus zu dem »Luftkurgast«, wie wir unseren Polen inzwischen nannten, tätschelte die Tetra-Paks mit der, laut Etikett, »fruchtig-aromatisch abgestimmten, weinhaltigen Getränkemischung« und verkündete: »Napitbym się sandrij? (Kann ich Sangria haben?), und die da«, ergänzte er den Satz, ins Kneipeninnere weisend, auf Deutsch, »die wollen auch alle Sangria«. – Nur halb im Scherz nach einer der viereckigen Tüten grapschend, fügte er fast devot hinzu: »Wir sind jetzt nämlich pleite.«

Jetzt, dachte ich mit angehaltenem Atem, jetzt ist das richtige Wort. Jetzt, in diesem entscheidenden Moment, kann noch alles, alles gut werden. – Komm, mein Pole, sei kein Frosch!

Aber der Pole, der ganz sicher einen schwarzen Tag hinter sich hatte und wohl ohnehin zu den eher mürrischen Zeitgenossen gehörte, vertat seine Chance, bediente das von den »Feuchte-Welle«-Brüdern geplante, plumpe Schmierenstück und deren Vorurteile, weil er selbst jetzt nicht in der Lage war, die *sei-*

nen auch nur *einmal* aufzugeben. Nein, er wollte nicht verstehen, was doch so leicht begreiflich war: Niemand erwartete von ihm, daß er sich unseretwegen das Futter aus der Jacke riß, er sollte sich nur von einem oder zwei Litern seines »Aldi«-Fusels trennen; es wäre eine Geste gewesen, nicht mehr. – Alles wäre erst mal gut geworden und die lineare Männerspiel-Dramaturgie à la »Feuchte Welle« in sich zusammengefallen wie das berühmte Kartenhaus.

Doch der Pole entwand dem verdutzten Moosjacke das Tetra-Päckchen, das dieser schon geangelt hatte, warf sich mit seinem ganzen schmächtigen Oberkörper über den Sangria-Stapel und guckte dermaßen wild und finster, daß ich eine Sekunde lang bereit war, zu glauben, er verstelle sich nur, das sei eben *seine* Art von Humor.

Klar, was passierte; die vier Kerle in der »Feuchten Welle« erinnerten sich nicht mehr daran, daß sie dem Polen die Biere regelrecht aufgenötigt hatten. Es folgte die ganze verbale Palette: Der Pole wurde ein Polacke, obendrein ein Parasit und Geizhals, der blöd genug war, gleich morgen früh direkt vor der »Feuchten Welle« einen balkanesischen Schwarzhandel mit dem »Aldi«-Schnulli aufmachen zu wollen. Oder warum sonst saß der bis in die Puppen dort draußen?

Sicher, dachte ich, ist auch der Pole enttäuscht. Einmal, wird er gemeint haben, geben sie dir ein Bier aus, Männer in einer deutschen Kneipe. Du fürchtest den Haken und willst es nicht, aber die bestehen so stur gastfreundlich darauf, daß du deine Bedenken vernachlässigst und doch mit ihnen trinkst, wie ein kleiner Junge, der an Wunder glaubt. Und dann zeigen sie ihre wahren Gesichter, wollen deinen Sangria, den du zu Hause verkaufen mußt, möglichst den ganzen Sangria wollen sie, und alles, was du sonst noch hast, dein Geld, deine Kinder, deine Frau, dein Land, deine Ehre.

Mir war das Spielchen plötzlich zu fad. Ich mochte nichts mehr, nur noch zahlen, raus, schlafen gehen.

Ich hatte schon die Jacke an und wendete mich gerade dem Tresen zu, da sah ich, wie der Pole, mit einem einigermaßen friedlichen Ausdruck im Gesicht, an den drei Kerlen und dem Zapfer vorbei auf die Toiletten zueilte.

Und genau das hatte er offenbar schon lange tun sollen; in zwei wie eingeübt graziösen Sätzen waren Paul, Sushi, Moosjacke und Rainer an der Klotür. Auf der Stelle hüpfend wie Boxer, die geballten Fäuste vorgestreckt, bezogen sie dort Stellung, als gelte es, ein heiliges Grabmal mit dem nackten Leben zu verteidigen. Jetzt erst, da mir – plötzlich unglaublich deutlich – auffiel, *wie* höhnisch sie grinsten und ihre Suffköppe schüttelten, kapierte ich, worauf diese vier Zausel die ganze Zeit schon gewartet hatten, was, den langen Abend lang, der eigentliche Sinn ihres konspirativen Gesäusels, ihrer hartnäckigen Spendierwut gewesen war.

Auch der Pole, so schien mir, verstand allmählich. Möglicherweise kam ihm die Klamotte, in der er – *so* unfreiwillig nun auch wieder nicht – den reziproken Helden gab, sogar irgendwie bekannt vor, denn er machte schief lächelnd eine hilflose Geste, wich zurück, näherte sich nochmals, blieb stehen. »Nee, nee. Bei mir nicht. Nicht du!« sprach, im Brustton der Autorität, der Zapfer. »Und wenn du draußen ...«, Paul machte seinerseits eine Geste aus der Zeichensprache, »ich rufen Polizia, Gendarmerie. Kapiert?«

Der Pole schaute zu Moosjacke, aber dieser trug jetzt eine ganz verschlossene Miene zur Schau und zuckte nur kurz mit den Achseln. Des Polen Gesichtsausdruck veränderte sich abermals; niedergeschlagenen Blicks, doch hoch erhobenen, krebsroten Kopfes ging er zurück auf die Straße. Die anderen blickten ihm nach. Als der Pole nicht sofort an seinen Platz im Rinnstein zurückkehrte, liefen sie alle zur Kneipentür, steckten die Schädel hinaus, lachten laut, als sie ihn mit leicht gespreizten Beinen an der gegenüberliegenden Hauswand stehen sahen, schlugen sich die Schenkel und einander auf die Schultern vor Begeisterung, wie beim Fußballspiel, wenn die »richtige« Mannschaft ein Tor schießt.

Ohne die in der Tür auch nur noch eines Blickes zu würdigen, setzte sich der Pole ein paar Sekunden später wieder zwischen seine Warenstapel, selbstverständlich mit dem Rücken zum Lokal. Da nahmen die Kerle ihre Position am Tresen ebenfalls wieder

ein, und Paul griff zum Telefon. Es war mindestens zwei, drei Minuten völlig still, bis am anderen Ende der Leitung endlich einer abgenommen hatte, Paul also anfangen konnte zu sprechen: »Ja, hallo, ist da das Revier Perleberger Straße? Ja, also wir haben hier in der Feuchten Welle einen verdächtigen Polen, der sich außerdem soeben der Erregung eines öffentlichen Ärgernisses schuldig gemacht hat ... Wieso, was? Warum fragen Sie *mich* das? ... Woher soll ich wissen, ob der eine Waffe bei sich hat? ... Nee, keine Ahnung, aber vielleicht is er ja der, den ihr sucht. Was? Was heißt denn das nun wieder? Warum sollte der flüchten? Ob der verdächtig aussieht? Bin ich bei der Polizei oder Sie? ... Na bitte. Ja, wir sind hier. Ja, ja, wir passen auf ... o. k., bis dann.«
Paul legte den Hörer hin, goß eine Runde Schnaps ein, bot auch mir einen an. »So, Jungs«, sagte er, mit unüberhörbar enttäuschtem Unterton, »jetzt heißt es warten.«
Ich weiß nicht mehr, wieviel Zeit von da an verging, vielleicht eine Stunde oder etwas mehr. Wir tranken Schnäpse; der Pole saß stoisch auf seiner Bordsteinkante.
Schließlich, es begann bereits hell zu werden, kam die Staatsmacht doch noch – in Gestalt zweier Polizisten, der eine dick und schon älter, der andere jung, gutaussehend. Die beiden beschäftigten sich zuerst mit dem Polen, soweit ich das sehen konnte, sachlich und höflich, ließen sich die Papiere zeigen, versuchten, nicht

sehr erfolgreich, auf Englisch mit ihm zu sprechen, grüßten schließlich mit kurzem Kopfnicken.

Nun betraten die Beamten, denen anzusehen war, daß sie einen langen, vermutlich nicht gerade gemütlichen Dienst hinter sich hatten, die »Feuchte Welle«. Die beiden Biere, die Paul vorsorglich für sie gezapft hatte, ignorierten sie ebenso wie uns, die Gäste. »Sie halten es also für nötig«, begann der junge Polizist seine Ansprache in einem lakonischen, aber untergründig gereizten Tonfall, »gegen diesen ausländischen Staatsbürger« – der schwarze Schirm seiner Mütze hackte wie ein Vogelschnabel mehrmals nach draußen, ungefähr dorthin, wo der Pole hockte – »eine Anzeige wegen Urinierens in der Öffentlichkeit zu erstatten. Wäre es eventuell möglich, ja sogar mehr als wahrscheinlich, daß dieser unbescholtene und offensichtlich in einer unverschuldet irregulären Situation befindliche, laut gültigem Personaldokument polnische Staatsbürger und Gast der Hauptstadt der Bundesrepublik Deutschland, nach langem Ausharren auf nächtlich kaltem Stein, die Toilette dieses Lokals aufsuchen wollte, in keiner anderen Absicht als der, sittlich korrekt seine Notdurft zu verrichten? Sollte dem so gewesen sein, dann darf ich Sie darauf hinweisen, daß Besitzer, Betreiber sowie lohnsteuerpflichtig eingestellte Arbeitskräfte, und eine solche Kraft sind Sie doch hoffentlich, Herr Paul Eginhard Wilke, von oder in Gaststätten, laut Paragraph sowieso, Absatz sowieso ...« – der Polizist

nannte eine Reihe Zahlen, die ich mir nicht gemerkt
habe – »des Bürgerlichen Gesetzbuches der Bundesrepublik Deutschland verpflichtet sind, die sanitären
Anlagen der von ihnen bewirtschafteten, betriebe-
nen oder auch nur betreuten Räumlichkeiten während der gesamten, gesetzlich geregelten Öffnungs-
zeiten der jeweiligen Lokalität jedwedem in dieser
Hinsicht bedürftigen Bürger zur Verfügung zu stellen? Und sollten gerade Sie, der uns keineswegs
unbekannte deutsche Staatsbürger Paul Eginhard
Wilke, sich diesbezüglich geweigert haben, so stellte
das den Straftatbestand eines Verstoßes gegen den
genannten Paragraphen dar und wäre außerdem
unterlassene Hilfeleistung, und das kann, unter den
gegebenen Umständen, alles in allem mit einem
Bußgeld von, warten Sie mal . . .« – der Polizist tat so,
als errechne er im Kopf eine Summe –, »hundertfünf-
zig bis dreihundertachtzig Mark belegt werden. –
Und, Herr Wilke, was ist nun mit der Anzeige?«
Moosjacke, Sushi, Rainer und auch ich, wir verbissen
uns mühsam das Grinsen. Paul, der Zapfer, dachte
nach; und plötzlich, es war ihm deutlich anzumer-
ken, wie sehr ihn das entspannte, hatte er eine Idee.
»Jetzt«, sagte Paul, »jetzt woll'n wir doch mal sehen,
was Demokratie ist. Los, wir stimmen ab. Ihr wart
alle Zeugen. Hat der Pole auf die Straße geschifft
oder nicht? – Möchten die Herren jetzt vielleicht
doch ne kleine Erfrischung?« – »Ja, zwei Cola bitte«,
sagte der ältere dicke Polizist.

Wir machten, was Paul vorgeschlagen hatte, wir hoben die Hand. Paul und Sushi waren der Meinung, der Pole habe es getan, Moosjacke, Rainer und ich votierten dagegen. Zwei zu drei verloren; der Pole hatte also nicht. Weil er ja gar nicht gemußt hatte! Sonst wäre er doch reingekommen, oder? Man kann sich schon mal irren, wenn man was trinkt und trotzdem wachsam bleibt. – Damit war die Sache entschieden, keine Anzeige, keine Strafe, für niemanden.

Die Beamten stellten ihre leeren Gläser zurück auf den Tresen; der jüngere bezahlte, obwohl Paul kein Geld wollte. Im Gehen schauten sie noch mal nach dem Polen, der eingeschlafen zu sein schien, und Paul Eginhard Wilke, der die beiden Beamten schon außer Hörweite wähnte, grummelte: »Jetzt weiß ich endlich, warum die *Pole*-zei heißen.« Aber keiner lachte.

Ich legte nun auch einen Schein hin. »Bei Egon«, sagte ich zu Paul, »wäre so was nicht passiert. Der würde nie die Bullen rufen, niemals.«

Moosjacke, Sushi und Rainer, der Thüringer, schauten an mir vorbei und nickten.

KOMMEN UND GEHEN

Berliner Miniaturen

FRÜHLING

Sollten Sie, liebe Leserin, geschätzter Leser, nicht von Geburt an zu uns gehören oder schon seit längerem, oder zu denen, die ein mehr oder minder schweres Schicksal demnächst hierher verschlägt, und, warum auch immer, trotzdem tatsächlich nach Berlin kommen wollen, einmal, zweimal oder öfter mal wieder, dann schauen Sie bloß, daß Sie es bis Ostern schaffen, denn in der wärmeren Jahreszeit werden Sie uns Hauptstädterinnen kaum mehr bestaunen können in dem Kleidungsstück, das uns das liebste ist und das keiner anderen Menschin nirgends auf der ganzen runden weiten Welt besser steht als uns, in unserem Pullover nämlich.

Doch, es ist vollkommen richtig, daß ich in dem Zusammenhang auf den Plural pfeife, denn unsere Pullover sind alle miteinander *der* Pullover, der Pullover der Berlinerin, ja, man könnte, analog zum Norweger-Sweater, direkt vom Berlinerinnenpullover sprechen. Originale Berlinerinnen und ihre Pullover gehören zusammen wie früher Hemden und Westen oder heute Osten und Westen oder *Hardware* und *Software*; wir verkörpern, im – wie Sie sehen werden wahrsten Sinne des Wortes – das Prinzip *Strickware*.

Was nun macht ihn aus, unseren Pullover, unterscheidet ihn von anderen Prototypen maschiger Oberteile?

Zunächst mal hat unser Pullover viele Farben, aber keinesfalls alle – und ist doch meistens uni. Royal- oder himmelblau sollte er sein, gerne auch kanarien- gelb, pfefferminzgrün, pflaumenpink. Er hat einen nicht allzu halsfernen, ovalen Ausschnitt, ist gerade geschnitten, höchstens hüftlang und eine kükenflau- schige Herausforderung für jeden Weichspüler. Und so richtig gut sieht er erst ab Konfektionsgröße vie- rundvierzig aus, weil er den über unserem großen Herzen schwellenden Busen mehr zeigt als verhüllt und trotzdem dafür sorgt, daß wir uns bedeckt halten können, da, wo wir am empfindlichsten sind, nicht nur des Berliner Wetters wegen, das oft genug fri- scher ist, als wir uns je fühlten. Deswegen ist er ja der Favorit unter all unseren zweiten Häuten; wenn wir auch gelegentlich ein wenig verträumt gucken, durch unsere Biergläser und Tischnachbarinnen hin- durch und über unsere Bulettenteller hinweg, wir wissen, der Klügere gibt nach, und *das* oder *der* ist, darauf verlassen wir uns in fast jeder Lebenslage, so gut wie immer unser Pullover.

Nein, aus echter Wolle muß unser Pullover nicht sein; wir kennen genug Kunstfasern, die bedeutend schmusiger aussehen, aber weniger fusseln. Wir erwerben ihn vorzugsweise im Winterschlußver- kauf, auf Wochenmärkten oder per Katalogbestel- lung, denn wenn er mehr als dreißig Mark kostet, ist er zu teuer und kann uns schon deshalb nicht so recht ans bereits erwähnte große Herz wachsen. Apropos großes Herz, nun darf ich wohl endlich auf das aller-schönste und völlig unentbehrliche Merkmal, ach, was sage ich, das Mahn- und Muttermal unseres Pullovers zu sprechen kommen: die Applikation. Gerade das Seemannsgrab, also Herz mit Anker, oder das von Amors Pfeil durchbohrte blutende Herz, rot, golden, silbern gestickt, nicht zu klein und natürlich in der richtigen Höhe, also genau an der Stelle, die zeigt, wo unser eigenes echtes pocht, sind sehr beliebte Motive. Auch Hündchen und Kätzchen mit funkelnden Glasperlenaugen recken sich, wenn wir Luft holen, auf unserer Brust – als ob sie lebten.

Na sicher, selbst unter uns Berlinerinnen gibt es wel-che, die in Faltenröcken gehen, wie manche Ham-burgerinnen, oder in Hosenanzügen auftreten, wie nicht wenige Frankfurterinnen, sogar solche, die das haben, was Sie vielleicht einen guten Geschmack nennen. Die tolerieren wir mühelos, wenn wir so dasitzen, in den ersten Sonnenstrahlen, auf unserem Klappstuhl im Gartenlokal und vertiefen uns lieber wieder in den Anblick eines süßen kleinen Marien-käfers, der doof genug war, sich niederzulassen – auf einer der gelben Blumen im satten Grün unseres Pullovers, über unserem vom ganz behutsamen At-men sachte bebenden Busen ...

MARKTHALLE

O ja, es war zu warm für die Jahreszeit; die, wie nicht nur ein paar Millionen Australier wissen, gar nicht so *liebe* Sonne schien an diesem frühen Abend des zweiten Freitags des noch ziemlich unschuldigen Jahres 2000 hinab auf die holländische Tulpe »Maria«, die in allen Kitschfarben aus etwa dreißig Plastikeimern leuchtete, am Eingang zur Markthalle Müllerstraße, Berlin-Wedding.

Frauen zogen kleiner werdende Kreise um die Gemüsestände, speziell die drei türkisch bewirtschafteten, denn da das Zeug bis Montag vollends hinüber wäre, mußten die eh schon runtergesetzten Preise für den schlappen Spinat, den angegammelten Blumenkohl, die schrumpligen Gurken gleich noch einmal fallen.

»Die Exoten gehen auch nicht mehr«, sagte die Verkäuferin hinterm Tresen der »Obst-Oase«, nahm aus einem Körbchen eine elliptische, wie ein Gürteltier geschuppte, wahrscheinlich südamerikanische Frucht und schenkte sie dem Kind einer Asiatin, die nur stumm nickte, weil sie damit beschäftigt war, sich die Münzen für ein Pfund Äpfel in den Handteller zu zählen.

Herum um den tonnenförmigen Stammtisch neben den Sonderangeboten der Fischbude, einem Gebirge diverser, mit welken Radieschenröschen verzierter, in speckigen Glanz gehüllter Mayonnaisesalate, standen stumm drei alte Zausel, die ihre Bierbüchsen schonten, aber gelegentlich große Schlucke aus der heimlich eingeschleppten Kornflasche nahmen.

Bald brachte die sinkende Sonne auch Licht ins geisterbahnartige Halbdunkel der »Müller-Halle«; die drei Zausel blinzelten ihr entgegen wie Igel, die ein böses Schicksal zu früh dem Winterschlaf im molligen Laubhaufen entrissen hat. Da erschien – scherenschnittschwarz in dem gleißend hellen Rechteck des Eingangs – die hohe, schlanke, sehr anmutig sich bewegende Silhouette einer weiblichen Gestalt. Als die Frau näher gekommen war, den Sonnenschein im Rücken hatte, und von vorn das schwache, künstliche Gegenlicht der wenigen an die Hallendecke geschraubten Glühbirnen auf sie fiel, blieben ihr Gesicht, ihre Hände trotzdem schwarz; doch weiß leuchtete die Iris ihrer Augen, grellbunt das blumige Muster ihres Gewandes und des tütenförmigen Turbans, der sie noch größer machte. Vom Boden bis zur Spitze ihrer kunstvoll gewickelten Kopfbedeckung war diese wunderschöne junge Zentralafrikanerin (daß sie eine solche sei, ließ mich vor allem ihre Kleidung vermuten) fast zweieinhalb Meter lang.

Ganz gelassen, nichts sonst ins blitzende Auge fassend, ging die Frau an den drei staunenden Zauseln vorbei, der Fischbude entgegen. »Diesen bitte«, sagte sie zu dem auch nicht gerade klein geratenen Mann, der dort bediente, und wies mit dem ausgestreckten Zeigefinger ihrer schmalen Hand auf den gewaltigsten der vier Spiegelkarpfen, die in dem schlierigen Wasser eines Bassins so träge umeinanderkurvten, als könnten sie sich nur noch gedopt auf den Flossen halten. Ob diese ausgefransten Elendsgestalten womöglich noch von Silvester übriggeblieben oder erst heute krank eingetroffen waren, das wußte wohl allein der Händler, der den verlangten Karpfen nun mühelos einfing, auf ein Brett warf und mit einem einzigen Holzkeulenschlag erlöste. Dann wog er ihn und wickelte ihn schließlich, nicht wirklich pietätlos, in zwei Doppelbögen der »Berliner Zeitung«, die aber weder das ganze nun endende Drama einer Nutztierexistenz noch den Sterbenden selbst hinlänglich bedecken konnten. »Vier Kilo, zweihundert Gramm. Das macht dreiunddreißigvierzehn«, sagte der Händler. Die Schöne bezahlte mit zwei Scheinen, ließ das Wechselgeld liegen, klemmte sich den Karpfen fest unter den rechten Arm, wandte sich dem Gang zu und schritt sehr aufrecht davon.

Die drei alten Zausel, die das Trinken vergessen, jedoch die große, elegante, stolze Erscheinung der Zentralafrikanerin nicht einen Moment lang aus den Augen gelassen hatten, hielten ihre Bierbüchsen umklammert. Und noch lange klebten ihre Blicke wie Saugnäpfe am Rücken der Frau, die sich ohne Eile entfernte, wieder Silhouette wurde – gegen das Licht der zur Markthalle hereinscheinenden Sonne. Nur die nasse, nackte, matt und matter

mal nach links, mal nach rechts schlagende Schwanz-
flosse des Karpfens blinkte – für weiter und weiter
auseinander liegende Bruchteile von Sekunden, immer dann, wenn sie in einer bestimmten Position das
Deckenlicht reflektierte, – wie ein Signal rüber zu
den Zauseln. – Der Rhythmus der Karpfenschwanz-
flosse mußte in den einen Alten gefahren sein und
sich übertragen haben auf dessen linke Hand, die
bislang reglos von der Tischkante gehangen hatte.
Synchron mit der Flosse schlenkerte diese Hand
nun sachte hin und her; es war wohl so etwas wie ein
Winken. Plötzlich öffnete der Zausel, dem die Hand
gehörte, den Mund. »Und grüßen Sie Wien!« rief
er; die schwarz und winzig gewordene Silhouette
der Frau verließ gerade das heller denn je leuch-
tende Rechteck des Eingangs der Markthalle Müllerstraße.

PARIS-BAR

Fan-Sein ist schon eine seltsam selbstentfremdete
Existenzform, auch wenn man sie längst durch eine
ich-bewußtere ersetzt hat und bloß noch einige –
allerdings schwerwiegende – Reste von Erinnerung
an das einstige Idol tief im Herzen vergraben mit
sich rumschleppt.

Nein, in meiner üblichen »Feuchten Welle« wäre ich ihm sicher nie begegnet, aber in dem schweineteuren Charlottengrader Szenelokal, in dem ich mich mit zwei Kollegen verabredet hatte, da saß er leibhaftig hinter einem sparsam mit Spitzen vom ersten Spargel dekorierten Teller, der Schwarm meiner Kindheits- und Pubertätsjahre: Karel Gott, die goldene Stimme aus Prag. Ganz allein tafelte er vor sich hin, mit dem Rücken zur Wand. – Gut sah er aus, so braungebrannt und ewig jung; mit einem so feinen, so sympathischen Lächeln führte er sein Glas stillen Wassers zu Munde.

»Guck«, fiepte ich dem Kollegen D. ins haarige Ohr, »da hinten, das ist der Gott.« Möglicherweise, und möglicherweise nicht ganz zu Unrecht, vermutete der gerade mal dreißigjährige D. wohl, ich sei nicht mehr nüchtern. »Gott!« brüllte er, »*der* soll hier sein?« – »Leise, Mann«, sagte ich und ergriff den Ärmel des reiferen Kollegen M. »Ja«, sprach M., früher selbst Künstler bei Bühne, Funk und Fernsehen, sachlich, »das isser. Der macht grade 'ne Platte mit Daliah Lavi.«

Ich versuchte zu vergessen, daß Karel Gott Spargel aß, ganz in meiner Nähe, aber nach zwei, drei weiteren sturzgetrunkenen Weißweinen hatte ich mein Herz – mitsamt den Erinnerungsresten, die es barg – dann doch auf der Zunge: »Als Mädchen«, erzählte ich den Kollegen, »hatte ich so eine Ansichtspostkartenschallplatte; das ›hunderttürmige Mütterchen

Prag‹, wie es in Karel Čapeks ›Krieg mit den Mol-
chen‹ heißt, war drauf, aus der Luft fotografiert, im
strahlenden Sonnenschein, und dann noch so Rillen,
die man mit bloßem Auge kaum erkennen konnte.
Angeblich waren solche Kartenplatten höchstens
achtzigmal abspielbar, doch diese eine habe ich fast
ein Jahr lang jeden Tag von früh bis spät gehört. Es
war die Melodie von ›Ein verregneter Sonntag‹ mit
tschechischem Text, gesungen von einer jubelnden
Tenorstimme, der meines Karel Gott. Wie ein Papagei, ohne die Bedeutung auch nur einer einzigen
Silbe jemals wenigstens ahnen zu können, formte
ich jedes Wort nach, immer wieder, immer weiter, so
lange, bis ich das ganze strophenreiche Lied auswen-
dig gelernt hatte. Noch heute weiß ich im Schlaf, wie
es geht.« – »Včera neděle byla, vcera byl hezký čas/
včera neděle byla, za týden bude zas . . .« knödelte ich
lauter werdend und nicht ohne Stolz auf all die runden »r« und weichen »l«, und die Kollegen fanden es
komisch, weiß der Himmel, warum.
Schließlich kam der Moment, ich mußte zur Toilette.
Ich kehrte zurück, frisch gekämmt, das Lied sum-
mend, da stand neben meinem Stuhl ein weiterer,
und neben diesem, mir freundlich entgegenlächelnd,
kein anderer als Karel Gott. Die Sache war klar,
meine Kollegen hatten es irgendwie geschafft, den
berühmten Sänger an unseren Tisch zu lotsen. »Da
ist ja Ihre Verehrerin!« rief Kollege D. ins Lokal. »Von

den Herren weiß ich, daß Sie Belletristik schreiben«, sprach Karel Gott und gab mir seine trockene, kräftige, große Hand. Errötend fragte ich, ob er etwas trinken wolle, einen Becherovka vielleicht. »Nein, danke«, antwortete Karel Gott mit voller, warmer Stimme, »doch wie ich hörte, haben Sie soeben eines meiner frühen Lieder vorgetragen. Bitte, machen Sie mir die Freude, singen Sie es noch einmal. Vielleicht kann ich mich entsinnen und einstimmen. «

Ich weiß nicht, wie ich es fertigbrachte, aber ich schloß die Augen und öffnete den Mund. »Včera neděle byla ...« krächzte ich, nun wirklich wie ein Papagei.

In der grubentiefen Dunkelheit, die mich umfing, herrschte eine ebensolche, allein von mir gestörte Stille. Nur die Stimme der Erinnerung, die des Karel Gott aus den Rillen in der Postkartenplatte, die ich längst nicht mehr hatte, begleitete die Töne, die mich verließen, als sei es diesmal für immer, nicht aber die des wirklichen Karel Gott, von dem ich ja wußte, daß er neben mir saß.

Ich schloß den Mund, öffnete die Augen: Im Lüsterlichte, vor einer Mauer gespannt auf uns niederblickkender Menschen, lächelte nachsichtig Karel Gott und brach die Stille, die einen Moment lang vollkommen gewesen war. »Verzeihen Sie, meine Dame«, sagte er, »aber *das* habe *ich* nie gesungen.«

PROST MAHLZEIT

Wie es in anderen Städten ist, weiß ich nicht so genau; in meiner jedenfalls wird es auch diesbezüglich immer schlimmer. – Ich möchte mal wissen, was, außer gelegentlich dem Wetter, überhaupt noch besser wird, hier und überall. – Mit »diesbezüglich« meine ich übrigens »essensmäßig« (wobei die Betonung zu Recht auf »mäßig« liegt) oder »futtertechnisch«, obwohl diese Wortkreation allenfalls die trojanischen Pappschachteln der Burger-&-Co.-Schuppen charakterisieren könnte. – Ganz von selbst verbietet sich im Zusammenhang mit öffentlicher Nahrungsaufnahme der Ausdruck »kulinarisch«, den ich an dieser Stelle mal kurz aufleuchten lasse, weil ich mich auch für die exotischsten Kleinode unseres Sprachschatzes verantwortlich fühle.

O ja, es ist so eine Art Lenz, selbst in Berlin, und überall laden zum Zwecke des Aufstellens von Biergartenmöbeln gerodete, angeblich »lauschige« Plätzchen zum Hinsetzen-Bestellen-Verzehren-Bezahlen ein.
Meinetwegen! – bestelle der gutwillige Tourist eins der schlecht gezapften Frischbiere und träume den Traum von einem Pils *mit* Schaum, verlange er eins dieser lauwarmen Trüblinge namens Hefeweizen oder einen – ebenso unkühlen – Viertelliter Faßbrause, der außerdem noch aussieht wie schon mal

getrunken (auf den Geschmack kommt er dann von selbst), wähle er mutig jenen einheimischen Weißwein, der in der Speisekarte, wahrheitsgemäßer als ihm lieb sein wird, schlicht »Elbling« heißt, aber er sollte um Gottes willen nichts zu essen wünschen – und nicht behaupten, es hätte ihn niemand gewarnt.

Denn wo immer man dieser Stadt die Gabel ergreift, da ist »Prahlhans Küchenmeister«, und »naht«, wie Christian Morgenstern es so erschütternd zutreffend formulierte, »das Tellerhafte/ auf sieben Gänsefüßen«. – Schon deswegen kann man hier bestenfalls die mit den nackten Kalorien, womöglich in Gestalt von Schokoriegeln, ganz zufriedene, also wenigstens verpflegungsstrategisch unkomplizierte Love Parade über des Tiergartens Wildkräuterbeete toben lassen.

Was habe ich an den kippelnden Tischen der Restaurants meiner geliebten Heimatstadt Berlin, etwa im »Teichblick«, einem der Spitzenlokale des eben erwähnten Tiergarten, nicht schon gekostet, gegessen, vor Hunger verschlungen sogar. Wie habe ich dabei gelacht und geweint und es doch immer wieder versucht, denn ich bin, wie wir alle, »nur Gast auf Erden«, kein dünner zumal – und auch nicht gerade ein mäkliger.

Ja, und da lagen sie nun, reglos und bleich/ und schlüpfrig zugleich// Am Strand/ vom »Teichblick-Spezial-Teller«-Rand, diese – genau neun – Vortagswasserleichen aus der edelsten Familie der Asparagusgewächse, mit Gesichtern auf den zermatschten, graugrünen Köpfchen, die vielleicht dereinst einmal hübsch gewesen waren, niedlich und appetitlich, jetzt aber erinnerten sie, wie so vieles in dieser Stadt, die, sicher auch aus anderen gräßlichen Gründen, so viele Poeten inspiriert haben will, eher an ein expressionistisches Gedicht denn an ein Gericht. – Und sachte versanken die sündhaft teuren Toten in der Hollandaise oder Mayonnaise, jedenfalls einem schlammfarbenen Brei, angeblich aus Fett und Ei.

Man lasse mich schweigen von den drei tournierten, ach so salzigen Salzkartoffeln und bloß flüchtig den Pudding erwähnen, den ich leichtsinnigerweise gleich zusammen mit der Hauptspeise bestellt hatte, doch nun nicht einmal mehr probieren wollte, weil er, im Gegensatz zum beschriebenen Spargel, tatsächlich zu leben schien, genau wie der »Wackelpeter« in Goldonis Komödie »Ein Diener zweier Herren«, allerdings nicht *noch*, sondern schon wieder.

Ich weiß – und das tröstet sogar: »Es ist eine alte Geschichte« . . . – Auch das mit dem Essen in Berlin; ich weiß es von Heinrich Heine, einem meiner Lieblingsdichter, an den ich oft denke, wenn ich mal wieder so tief enttäuscht wurde. Die »Reiseaufzeichnungen« enthalten jene Episode, in der Heine erzählt, wie er, zusammen mit zwei weiteren wenig liquiden Studienkollegen, in einem Berliner Wirtshaus abstieg. Und als die leichtfertigen, schönen, jungen Männer tafelten, obwohl es ihnen nicht schmeckte, und anschreiben ließen und wieder und wieder speisten und tranken, obgleich es weiterhin nicht gut war, und sie noch immer nicht zahlen konnten und es auch sonst an galanten Gegenleistungen gänzlich fehlen ließen, da wurde die stattliche verwitwete Wirtin mürrischer von Tag zu Tag.».. und schließlich«, schreibt Heine, »gab es einen Schellfisch, der roch aus dem Maul wie ein Mensch.«

ARTISTEN

Jetzt ist plötzlich Sommer, jetzt sind sie plötzlich alle wieder da, zu Hause auf den Ku-Dämmen und sonstigen Trampelpfaden dieser Welt; ja, ich habe sogar den Eindruck, es sind ihrer noch mehr geworden, viel mehr als vorigen Sommer, – und dazugelernt haben sie auch. Und ich bestaune, bewundere, liebe sie alle, die – all diesen Kellner-, Künstler- und Touristenstädten so eigenen – *artists* und Artisten, die Musiker, Mimen, Maler, Bildhauer, Schnellzeichner, Dichter, die Traumtänzer, Jongleure, Bodenturner, Feuerschlucker, Hütchenspieler, Messerwerfer, Fahrradkuriere, Wahrsager, Hypnotiseure, Weltverbesserer und -verschlechterer, diese *self-made*-Profis der Improvisation und gnadenlos konsequenten Darsteller jedweder Form der Selbstdarstellung.

Etwa den mageren, bärtigen Mann, dessen vorwurfsvoll-nachtragender Blick den meinen traf wie ein Blitz, in einer dieser – von der Sache her gar nicht so unvernünftigen – Menschen-, Hunde-, Kinderwagentransporteinrichtungen der Berliner Verkehrs-Gesellschaft, die manch einer – kaum mehr scherzhaft – auch »die offene Anstalt« nennt. Tatsächlich, er schaute mich an, der dünne Mann, als habe nicht er erst gestern seine ganze Sozialhilfe für den Monat Juli versoffen, sondern ich war's, aber alleine und zum wiederholten Male; und noch eine Haltestelle weiter und viele Augenblicke später, da ich den 340er Bus fluchtartig verließ, war ich mir unsicher, ob er nicht doch ein Recht hatte, mich so anzusehen, wenigstens irgendwie.

Oder dieser Herr reiferen Alters in speckiger Mönchskutte, der seit Wochen die U-Bahnsteigkanten der Station ›Zoologischer Garten‹ entlangschnürt und manchmal stehenbleibt, direkt neben Elternteilen, die, solange kein Zug in Sicht ist, über den Abgrund gebeugt, mit ausgestrecktem Zeigefinger die zickzackigen Wuselbewegungen kleiner, graubrauner, nacktschwänziger Felltiere zwischen Schottersteinen, Gleisen und Schwellen verfolgen und ihre introvertiert am Stieleis nuckelnden Kinder ermuntern, doch auch mal einen Blick draufzuwerfen auf die niedlichen, flinken Mäuschen. »Das sind aber Ratten, junge Ratten«, sagt der Herr dann mit brüchig-rauher Säuferstimme und schaut dabei drein wie einst womöglich jener Flötist aus Hameln, und erschrocken zurück weichen Kinder und Elternteile, zumindest die weiblichen.

Oder diese einzigartige Punkerin, deren ebenso diskret wie gekonnt vorgeführte Variante der sagenhaften Robin-Hood-Nummer ich ewig Schirmlose dank eines halbstündigen Platzregens vor ein paar Tagen in »Ulrichs Supermarkt« beobachten, nein, erleben durfte. Den – gar nicht *so* unauffälligen – lila Wuschelkopf Uhu-artig nach allen Seiten wendend, nahm die Punkerin immer mal wieder kleine, leichte, nicht knisternde Dinge aus den Regalen, einen Süßstoffspender, eine Schachtel Tampons, einen Rasierpinsel, eine Schokoladentafel ... und ließ sie mit zaubererflinker, doch seelenruhiger Hand Stück für Stück in diverse offene Einkaufs- und zugängliche Mantel-, Jacken-, Hosentaschen ausgewählter Kundinnen und Kunden gleiten, immer in dem Augenblick, da die – von der Kleiderordnung her und wohl auch sonst geeigneten – Personen etwas länger vor einem der Regale verharrten. Selbstverständlich bemerkten diese Menschen weder bis zur noch an der Kasse, daß sie Tatopfer oder Opfertäter ebenso uneigennützig wie uneigenhändig begangener Diebstähle geworden waren, jedenfalls nicht, solange ich das Geschehen verfolgte.

Nur eine auf die Kasse zugehende, aber noch weit genug davon entfernte junge Frau wühlte, möglicherweise weil sich dort für gewöhnlich ihr Geld befindet, in einer der beiden großen, abstehenden

Taschen ihres Staubmantels – und starrte im nächsten Moment verblüfft auf das Berliner Teddybär-
chen, das ans Licht zu ziehen sie neugierig, unvor-
sichtig oder dumm genug war. – Doch so dumm auch
wieder nicht, denn sie setzte den Teddy schnell wieder ab, hinter einer Dose Brechbohnen, extra zart.
Als die junge Frau, die ihre andere Manteltasche nun
ebenfalls gefilzt, aber wohl weiter nichts Befremd-
liches gefunden hatte, ans Ende der Kassenschlange
trat, verzog sich ihr Mund zu einem feinen, uner-
gründlichen Grinsen, das dem im Gesicht der Punkerin, und wahrscheinlich auch in meinem, sehr
ähnelte und anhielt, bis sie die Flasche Rotwein
bezahlt hatte und ich sie nicht mehr sehen konnte,
weil sie uns verließ, »Ulrichs Supermarkt«, die Punkerin, mich, und wieder hinausging – auf die Harden-
bergstraße, in den nur mehr spärlich tröpfelnden
Regen, zu den anderen *artists*.

PLÖTZENSEE

Obwohl der vom um-, weit- und scharfsichtigen,
eben einfach adler- oder »Adlon«-äugigen, doch ansonsten herzensguten Herzog Roman beschwore-
ne »Ruck« möglicherweise auch diesmal irgendwie
»durch die Nation ging«, zog es zumindest uns wider-,
aber aufstrebende Insassen der »Kamelhauptstadt

Europas« (so die Berlin Marketing Service GmbH) an jenem 17.8.97 nicht alle nach Hoppegarten zum großen Rennen der Wüstenschiffe Seiner Hoheit Scheich Sayyid Bin Sultan Al-Nahayans, des Präsidenten der Vereinigten Arabischen Emirate. Und alle hätten wir ja auch nicht draufgepaßt auf die Ränge der für sämtliche Pferdesportarten, Höckertierläufe und demnächst womöglich Stierkämpfe offensichtlich gleichermaßen geeigneten Galopprennbahn.

Jedenfalls haben etliche von uns für das »Fest auf einem fliegenden Teppich« keine der 40.000 Karten mehr bekommen noch gewollt und sind an diesem verdammt sonnigen Sonntag schlicht baden gegangen.

Ich schleppte mich, mitsamt sechs Litern plastikverpackten Mineralwassers, zu dem – meiner Wohnung nahen, nicht unidyllisch zwischen Moabit und Wedding gelegenen – Plötzensee, genauer: zur Badeanstalt, dem Freibad Plötzensee. – Beide Begriffe, der alte wie der neue, sind auf ihre Art richtig, denn einerseits erinnert diese Einrichtung an eine Irren-(bade)anstalt, und andererseits tummelt man sich darin, obwohl »Die Plötze« kein ausgesprochen polizeilich erlaubtes FKK-Unternehmen ist, weitgehend frei von Textilien.

Wie beschreibbar ist, was sich meinen fünf Sinnen darbot, kaum daß ich ihn gezahlt hatte, den Eintrittspreis, der niedriger war als jener, der hier für nur eine Büchse des höchstens mal halbkalten Potsdamer »Rex«-Bieres über den Tresen geht. Ein Altherrenquartett spielte von der Aussichtskanzel runter preußische Märsche und versperrte dem Zigarre rauchend hinter ihm sitzenden, sich im Takt den Schenkel tätschelnden Mann, der vielleicht der Bademeister war, den Blick auf den mit Gästen und Bojen gut gefüllten, in schönster Algenblüte stehenden Plötzensee.

Um einen mächtigen Berg offenbar draußen gekaufter, also Nicht-Rex-Bier-Büchsen herum saßen etwa zehn nicht ganz so mächtige Rotrücken und Silberschläfen, die nichts sagten, sich wie gestürzte Süßspeisen im Rhythmus des Kraches wiegten und ansonsten darauf beschränkten, hin und wieder leer getrunkenes Blech kleinzuknautschen und es dann wegzuwerfen, auf einen zweiten, recht langsam wachsenden Haufen, in den ein junger Rottweiler seine Schnauze steckte, seine Zähne schlug, aus Spaß an dem Schrott, dem Geräusch, das er machte – beim Reinbeißen. Bis eine junge, energisch mit einer Currywurst fuchtelnde ältere Dame doch tatsächlich rief: »Laß das, Rex!«

Ein Ende weg von dieser Szene lagen bäuchlings zwei hübsche, schwarzhaarige, sehr braune Männer in dem, was mal Gras war, und taten so, als spielten sie Backgammon. Doch ihre verächtlich-gierigen Blicke klebten pechfest an vier barbusigen Frauen, die ölig und wie tot nebeneinander in der Sonne glänzten.

Wieder ein Stück weiter kniete ein gurkenkürbisförmiger, schon etwas welkhäutiger *Daddy* unter seiner dumpfgrauen Bundeswehrdecke und schaute verschwiemelt auf den rüschenbehosten Hintern eines kleinen Mädchens, das gerade den dritten Kleckerturm baute; den ersten und den zweiten hatten vier größere Mädchen umgerannt, als sie ins Wasser wollten.

Der weit in den See hinausreichende, morsche, glitschige, aber seltsamerweise noch immer nach Harz riechende Steg, auf dem ich lag, bebte, und ich blickte hoch. Ein dicker Junge von höchstens elf Jahren, den Kinder, die ihn kannten oder nicht, wieder und wieder ins grüne Wasser getaucht, in Sand gewälzt, mit Eiskugeln beworfen und angespuckt hatten, lief schwabbelnd, ausgreifenden Schrittes, auf platten Patschfüßen den Steg runter. Ganz in meiner Nähe, am Ende des ungefähr dreißig Meter langen Holzwegs, auf der äußersten Ecke der linken Bohle, ließ er sich nieder und zappelte, schaukelte, wie bei Tisch ein sattes Kind, dem langweilig ist, weil es nicht aufstehen darf, ehe die anderen auch fertig gegessen haben.

Eine geschlagene Stunde blieb der Junge so hocken, bog seinen Oberkörper vor und zurück und sang dazu ein monotones, einzeiliges Lied: »Ich kann nicht schwimmen/ Ich kann nicht schwimmen/ Ich kann nicht schwimmen ...«

GESELLSCHAFTSSPIELE

Hans G. Adenauer, kein zufälliger Namensvetter, auch keiner dieser dicken alten Onkels, die sich – aus ideologischen oder sonstwelchen Gründen – immer mal wieder zu einem Enkel Konrad Adenauers erklären, nein, ein stammbaumechter Großneffe des ersten deutschen Bundeskanzlers, hat vor ein paar Monaten das »kleinere Übel« gewählt und dem Fiskus gestanden, daß er hohe Einkommen verschwiegen sowie die entsprechenden Steuern hinterzogen habe. Dabei mochte der Jurist bis zum 6.10.1997 nicht einmal von seiner Funktion als Vorstandsmitglied der Dresdner Bank zurücktreten; schließlich wolle er ja die lumpigen 400 000 Glocken nachzahlen und sei, weil eine Selbstanzeige jede weitere Verfolgung legal vereitele, strafrechtlich nicht zu belangen.

Zusammen mit noch siebzehn Menschen stehe ich auf dem morschen Linoleum einer riesigen leeren Berliner Wohnküche und sehe, während die übrigen Interessenten mißmutig Spüle und Gasherd erforschen, Blicke die Welten wechseln: Wohnungssuchender schaut Makler an und umgekehrt. Doch nicht nur diese vielsagenden Blicke erreichen das jeweils andere Auge, es wandert auch ein Kuvert aus der Hand des Suchers in die Manteltasche des potentiellen Vergebers.
Zwei Tage später treffe ich den smarten blondierten Briefeversenker wieder, in einer weiteren nackten

Küche. »Na«, flüstere ich, »hat wohl nicht geklappt.« Der junge Mann starrt an mir vorbei als kenne er mich nicht, als wären wir einander nicht binnen einer Woche bei mindestens drei Wohnungsbesichtigungen begegnet, als warteten wir jetzt nicht gemeinsam vor der vierten Haustür.

Während im Badezimmer ein Elektriker nach einer toten Leitung forscht und dabei mit seinem Hämmerchen die Kacheln zur Sau macht, klingelt ein Tischler und bringt mir den abgebeizten Kleiderschrank, den ich bei ihm bestellt hatte. »Mal angenommen«, sage ich zu dem Tischler, der unter argwöhnischer Beobachtung des Kollegen von der anderen Zunft den Schrank aufstellt, »ich gebe Ihnen über die ganze restliche Summe einen Barscheck, was ist dann mit der Mehrwertsteuer?« – »Fällt flach«, antwortet der Tischler, grinst, schließt die Schranktüren, nimmt den Scheck und entschwindet.
»Wenn Sie gleich zur Bank wollen«, sagt der Elektriker, der unterdessen dankend ein Erfrischungsgetränk angenommen hat, »gehen Sie nur. Ich bin hier sowieso noch eine Weile beschäftigt.« »Warum«, frage ich, »sollte ich zur Bank wollen«. – »Na, Sie müssen doch den Scheck sperren lassen!« Ich werfe ein begriffsstutziges Auge auf den Elektriker, und der mustert mich wie eine kranke Kuh. »Hören Sie«, erklärt er fast väterlich, »Sie laufen schnell zur Sparkasse, weil Sie sich nicht die Nummer notiert und frauentypischerweise wahr-

scheinlich auch kein Phone-Banking haben, stornieren da den Scheck, schauen, sobald Sie zurück sind, in aller Ruhe den Schrank noch mal an, finden ein paar Kratzer, notfalls mit dem Schraubenzieher, oder ein kaputtes Scharnier oder einen toten Holzwurm, – so was läßt sich besorgen, und dann schreibt Ihr Anwalt dem Anwalt von dem Tischler, daß Sie die Anzahlung, also die eh bloß mündlich und ohne Zeugen ausgemachte halbe Kaufsumme, für genug halten, weil der Schrank gewaltige Macken hat. Und dann kommt es zum Vergleich. Und dann zahlen Sie am Ende für denselben schönen Schrank statt der 3000 ohne Mehrwertsteuer höchstens noch 1500.«–»Was? Ich soll den Tischler über den Tisch ziehen?!« sage ich im Brustton der Entrüstung. »Nun tun Sie mal nicht naiver, als Sie sind«, höhnt der Elektriker, »Ihr Tischler rechnet doch mit so was. Jeder vernünftige Mensch handelt auf seine Art. Das weiß der. Deswegen macht er ja solche Schweinepreise, weil er ohnehin meistens bloß die Hälfte kriegt.«

Arbeitslose haben Annoncen beantwortet, in denen ihnen Jobs auf isländischen Bohrinseln offeriert wurden. Sie bekamen Benachrichtigungen über eingeschriebene Briefe, die sie für hundert Mark bei der Post erwerben konnten; manche hatten das Geld. Die Briefe enthielten nichts als Adressenlisten von Bohrunternehmen, die auf Nachfrage, wenn überhaupt, nur mitteilten, daß sie an deutschen Arbeitslosen weder Interesse noch Bedarf hätten. Was taten daraufhin einige der nun um einen Blauen mehr verlegenen, aber ansonsten ziemlich gewitzten Geprellten? Sie überwanden blitzschnell die Kränkung, erwärmten sich für die Methode, kopierten die Listen, schufen ihrerseits Briefkastenfirmen, setzten Anzeigen in die Wurstblätter und kassierten auch ein bißchen ab.

Seit ein paar Tagen plagt mich eine möglicherweise gar nicht so absurde Idee. Ich träume davon, eine Loge zu gründen, einen Geheimbund, wenigstens einen privaten Club, nämlich den der weißfahrenden, Kleptomanie-abstinenten, unbestechlichen, korruptionsfeindlichen, mogelfesten, ultrakonsequenten Nichtbescheißer: Wir lassen uns winzige rote Kreuze hinters rechte Ohr tätowieren und verhalten uns auf konspirative Art vollkommen anständig. Einfach, weil wir das so originell finden, so antimodisch, so unopportunistisch, kühn, schwierig und irgendwie derart abgründig keusch, daß es schon fast wieder pervers ist, jedenfalls allemal aufregender als immer bloß im »Kaufhaus des Westens« seidene Spitzenhöschen klauen.

BORDELL HASE

Bis vor einer Woche war ich mir sicher; der mittlerweile schon massenmodische »Trend zum Event«, der stets schräger, schiefer, tiefer sich neigende

»Hang zur Tendenz« ist kein Thema; so etwas zu beschreiben wäre nur weitere Papier- und außerdem noch Zeitverschwendung. Doch ich mußte meine Meinung ändern, zumindest für dies eine Mal.

Zum Wesen des Events gehört ja nun, daß sich diese – meist mit diversen darstellerischen oder musikalischen Einlagen garnierten – »besonderen Vorkommnisse« in den Bereichen Handel, Kommunikation, Kunst und Wohlfahrt an immer seltsameren, exotischeren und überhaupt möglichst unmöglichen Orten abzuspielen haben, weil sonst kaum mehr jemand käme.

Wie wahrscheinlich jeder Städter reiche ich die täglichen Invasionen von bunten, knifflig geknickten Klappkärtchen, die mich zu Boutiquengründungen, Buchpremieren, Ausstellungseröffnungen, Konzerten und weiß der Geier was locken wollen, meist gleich an meine Papierkörbe weiter.

Vor einer Woche aber blieb mein routinierter Müllsortiererblick plötzlich hängen an folgender Zeile: »Das Bordell HASE lädt ein zur Vernissage von Niklas Schulze-Schumann (Malerei und Grafik)…« Als ich der – vergleichsweise schlichten – Karte dann noch entnahm, daß »HASE – Das Bordell der Künste« nicht etwa im schicken Charlottenburg liegt oder im für Abgefahrenes aller Art so bekannten wie beliebten Berlin-Mitte, sondern bei mir um die Ecke, im total unangesagten »sozialen Brennpunkt«Wedding, stieg ich, weil mir das Kleine Schwarze aus verschiedenen Gründen nicht paßte, am nächsten Abend ins Große Graue und ging hin. Das, dachte ich, ist für einen weiblichen Menschen, der über das Anschaffalter in jeder Hinsicht hinaus ist, endlich mal eine Gelegenheit, reinzukommen in die Männerdomäne Puff.

Das Etablissement befindet sich im Seitenflügel eines vierstöckigen Flachdachblocks aus den Sechzigern. Nichts an dem Haus, noch nicht einmal ein rotes Lichtlein, gibt einen Hinweis auf seine Mieterinnen. Doch am Klingelbrett fand ich tatsächlich den Namen Hase.

Es war rappelvoll, schon auf der Treppe. Sehr unterschiedliche Menschen, überwiegend Männer, aber auch ein paar Frauen, kämpften sich durch das Gewühl, Menschen, die, da bin ich mir sicher, einander sonst nie begegnet wären. Die einen, Künstlerkollegen und lässig-teuer gestylte Vernissagengroupies jedweden Geschlechts, waren, wenn ich ihre Gesichter richtig gelesen habe, nicht nur das erste Mal hier im Wedding, sondern, ebenso wie ich, auch das erste Mal in einem Bordell, die anderen dagegen, dickere und dünnere tätowierte *Bodys* in ledernen Cowboyklamotten, das erste Mal in einer Ausstellung. Die Neugier aufeinander und vor allem auf das Innere des Bordells – oder die Leute aus der jeweils anderen Szene – war deutlich größer als die auf die Bilder, vor denen – in fast modellhafter Pose der Selbstverständlichkeit – die Gastgeberinnen saßen, freundliche sonnenbankfrische Frauen mit Goldkreuzchen auf dem Busen und Straß an den Ohren. Zwischen den Advent-skalendern der Prostituierten und den gerahmten Auf-listungen der offerierten Dienstleistungen hingen des Malers Werke, die übrigens tatsächlich erotisch und exaltiert sind, als gehörten sie zum üblichen Inventar. Alle Zimmer auf den drei Etagen, der Empfangs- und der Aufenthaltsraum, die separaten Arbeitszimmer, der Salon für's Spezielle, standen jedem offen; er mußte es bloß schaffen, sich hineinzuquetschen.

Die Künstlerkollegen und deren Kunden interessier-ten sich sehr für die Preistafeln und noch mehr für das Vokabular, in dem die Angebote abgefaßt waren, dis-kutierten den möglichen, ja wahrscheinlichen Unter-schied zwischen »Handentspannung« zu fünfzig und »Intimmassage« zu hundert Mark pro halbe Stunde.

Das weibliche Publikum hatte eher Augen für die klei-nen Waschbecken und prüfte die zugedeckten Matrat-zen, auf denen es rauchend saß. »Ziemlich weich«, sag-te irritiert eine junge Dame. »Na muß doch, bringt ja mehr Kohle, wenn's lange dauert«, sprach daraufhin im Brustton der Überzeugung eine schmale Blasse mit Hut.

Irgendwann stand ich der Chefin gegenüber, einer üppigen, nachsichtig lächelnden Frau Mitte Dreißig. Ja, sagte sie, das sei nun schon die vierte Ausstellung; selbstverständlich sei auch eine Malerin dabeigewe-sen. Es mache Laune, so etwas um sich zu haben, und sie finde, solche Kunst passe gut zu den ganz anderen Künsten, die ihre Kolleginnen und sie ausübten. »Wenn Bilder an den Wänden hängen, sehen die Freier nicht gleich, daß hier dringend renoviert werden müßte. Aber wie inspirierend wir sind für diese ebenfalls begabten Maler-Menschen, das sieht schon manchmal einer. Und wenn der mich dann fragt, was so ein Bild denn kostet, hole ich meinen Zettel und die roten Punkte und sag's ihm.« Die Chefin lächelte fein, und ich dachte, was vielleicht auch sie dachte, in dem Moment: Wer nichts vergleicht als immer bloß die Preise, wird nie wissen, wann er wirklich ein Schnäppchen machen könnte.

DER SEILTÄNZER

Als ich vor etwa drei Wochen in der »Feuchten Welle« saß, meiner jedem Taxi-Fahrer bekannten, schließzeitlosen Lieblingskneipe auf der fürwahr sehr speziellen Fünf-Knäste-Insel Berlin-Moabit, da gesellte sich, so gegen halb drei, viertel vier, ein für die Uhrzeit nicht unfrisch ausschauender jüngerer Mann von drahtiger Gestalt zu mir und schob alsbald – haarscharf an dem fest mit der Tischplatte verleimten Primeltopf vorbei – seinen ersten doppelten Korn gegen mein viertes Glas »Pfälzersonne«, daß es klirrte.

»Prost«, sagte er, »ich brauche das jetzt, das Anstoßen

mit einer Dame, weil wir gestern gefeiert haben, aber ich heute ausschlafen durfte. Kannst du vielleicht herrgucken und zuhören? Dann erzähle ich dir nämlich eine astreine Novembergeschichte. Also paß auf:

Da waren mal vier Kollegen, Gerüstbauer, feine Menschen irgendwie. Jahrelang haben die zusammen gearbeitet bei einer kleinen, für die Branche direkt seriösen Firma, wenn sie nicht gerade ihr Schlechtwettergeld unter die Gastwirte bringen mußten; auch das meist gemeinsam, versteht sich. Drei dieser Einrüster waren die in dem Beruf typischen leichtfertigen Angeber, eben echte Luftnummern, wie man auf dem Bau sagt. Nur der vierte, kaum älter als die anderen, der war ein feinfühliger, stiller, besonnener Mann, aber am Gerüst so affenartig behende und elegant, daß ihn alle nur den »Seiltänzer« nannten. Nun hatte der Spitzname wohl schon was Doppelbödiges, denn gerade dieser Akrobat von einem Gerüstbauer war der einzige weit und breit, der niemals ohne die vorgeschriebene, jedoch allgemein als absolut albern geltende Sicherheitsleine an den Fassaden rumturnte. Wieviel Hohn und Häme mußte er deswegen ertragen, jeden Tag, all die Zeit.

Bis eines Mittwochs im Herbst, gegen Feierabend, ein paar dezent in Mäntel gehüllte Typen zu den Gerüstbauern raufschauten, die nicht die üblichen Schwarzarbeiterjäger waren, sondern sich – kleine Pappkarten emporstreckend – als genau die Arbeitsschutzkontrolleure auswiesen, die man immer erwartet und mit denen dennoch keiner rechnet.

Da blickte sie mit ihren sechs Heldenaugen schön dumm aus der wattierten Wäsche, die leinenlose Seilschaft; drei Blaue pro Nase, scharfer Anpfiff wegen Vorschriftennichtbeachtung und rangelegt an die Strippe. – ›Besser Stolz gebrochen als die Knochen‹; dürfte sie kaum getröstet haben, diese alte Gerüstbauerregel. – Und nun stell dir mal den braven, spotterprobten Seiltänzer vor. Jene frühe Abendstunde, das war seine ganz alleine! Grinsend und winkend kam er hinabgeklettert, den Strick um den Bauch. Die Arbeitsschützer klopften ihm auf die Schulter, lobten seine demütige Einsicht ins unabweislich Vernünftige.

Doch dann begann einer der vier Kontrolleure mit seinem Zollstock des Seiltänzers Leine nachzumessen, Meter um Meter, bis zum Gurthaken. Und weißt du, was dabei herauskam?! Diese ordentliche Sicherheitsleine war genau drei und einen halben Meter länger als das höchste Gerüst, auf dem der zweifache Familienvater jemals gestanden hatte. Wie bleich wurde nun der Seiltänzer, was haben seine drei abkassierten Kollegen gelacht – und konnten sich nicht beruhigen, auch nicht beim zwanzigsten Doppelkorn auf Kosten des Seiltänzers, hier, in der »Feuchten Welle«, morgens um fünf.«

»Welcher von den vier Gerüstbauern bist denn du«, fragte ich. »Gib einen aus und finde es raus«, antwortete, mir tief in die Augen sehend, der noch immer jung und frisch wirkende Mann von drahtiger Gestalt. Aber ich hatte kein Geld mehr und auch keinen Durst.

BACKENBRECHER

Bis es – am 19. Mai 1994, einen Tag nach Himmel-
fahrt – endlich abbrannte, bewohnte ich eine Art
Bad-und-Bett-Küche im vierten Stock vom Seitenflügel des Hinterhauses der Nummer 59 in der Em-
dener Straße im Berliner Stadtteil Moabit, den die
Ureinwohner dieser Region des Tiergartens, obwohl
zweitausend Jahre Christentum auch an ihnen nicht
ganz spurlos vorbeigegangen sein dürften, einigermaßen liebevoll »Morbid« nennen. Alles an dieser
dem Karstadt-Konzern gehörenden Bruchbude war
mir reichlich zuwider: der alte, kackbraune Ofen, der
selbst Steinkohlenbriketts eimerweise ohne Revan-
che verdaute, das Blicke allein auf den betonierten
Hof gewährende, schlecht schließende Fenster, die
morschen, unter den leisesten Schritten ächzenden
Dielenbretter, die schon eine halb ausgetrunken um-
gekippte Colabüchse zu einem Haftpflichtversiche-
rungsfall werden ließen, und auch deren beim unre-
gelmäßigen Studium des Immobilienanzeigenteils
der *Morgenpost* so permanent wie penetrant versa-
gende Insassin, die immer noch ich war.
Aus tiefstem Herzensgrund aber haßte ich den
bereits erwähnten Betonhinterhof. Den okkupierte
ein im Erdgeschoß des Vorderhauses – trotz vieler
allseits bedürftiger und nicht unkühner Diebe unter uns Moabitern – zäh vor sich hin florierender
Verbrauchermarkt der Kette »Kaiser's« mit der Zeit

ebenso unaufhaltsam wie jener mich. Meine ganze Sensibilität, mein gesamtes Interesse, all mein Wahrnehmungs-, Konzentrations- und Hingabevermögen zog dieser häßliche Hof mit aller Macht auf sich, richtiger: zu sich runter. Das gelang ihm – immer wieder und immer mehr – nicht allein dank der regelmäßig zur Geisterstunde in den hofseitig gelegenen Lieferanteneingang des besagten Marktes einfahrenden Palettenstapel mit »Waren des täglichen Bedarfs« und der zur Zeit der Morgendämmerung von wenig sorgsamen Getränkekutschern aus dem Laster gewuchteten, dabei gelegentlich mitsamt den Flaschen (voll ihrer zuvor ordentlich durchgeschüttelten Inhalte!) auf dem Beton zerberstenden Bierkisten, sondern vor allem wegen der beiden dort unten einfundamentierten Backenbrecher, denen ich eines schlaflosen Tages den romantischen Namen »Indianerzerkleinerungsmaschinen« gegeben hatte, obwohl ich – mit meinem geistigen Auge – hinter ihren gegenläufig malmenden Edelstahlzahnradkränzen eher Schulkinder und tote Schäferhunde verschwinden sah.

Immer morgens gegen sieben Uhr, sowie eine erste der vierzehn diesem Laden dienenden *Spitzenkräfte* auf Arbeit erschienen war, schaltete die, noch ehe sie, ihres zivilen Ringelshirts sich zu entledigen, in den Umkleidekeller abtauchte, per Knopfdruck unsere beiden Allesfresser ein, und herauf aus der Schlucht zwischen Vorderhaus, Hinterhaus, Gartenhaus und Seitenflügel tönte jäh duales, langgezogenes Jaulen, so laut und schaurig, als habe Rübezahl zwei gigantischen Werwölfen auf die Schwänze getreten. Das hob nicht nur jedweden von uns mehrheitlich arbeitslosen oder anderswie freischaffenden und ausnahmslos »Ohropax«-verstöpselten Anwohnern aus seinem zerwühlten Bette, sondern schlug auch die Kater, die wir uns, um totale Anästhesie bemüht, die Tage und Abende über zuzogen, – manchmal sogar in die Flucht. Etwa fünfzehn Minuten später fielen die Dinger dann wieder zurück in ihre geläufige Spielweise: knacken, knirschen, malmen.

Mehrere Male habe ich versucht, meinen maschinenstürmerischen Anwandlungen nachzugeben, aber sowohl alte Fahrräder als auch märkische Hünengrabsteine zerschrotet ein rechter Backenbrecher mit rasenmäherhafter Eleganz. – Nun gut, so ging das einige Jahre; so oder so wohnten wir weiter, lernten – wie Sektenkinder –, mit abgedichteten Ohren zu trinken und, möglicherweise aus nachahmungstriebhaften Gründen, ausdauernd mit den Zähnen zu knirschen, auch nachts, da wir Schlaf suchten, weil unsere schlimmsten Peiniger für die paar Stunden weg waren – vom Netz.

Doch dann kam der Tag, der zweite Samstag im Monat August des Jahres dreiundneunzig und letzte Arbeitstag einer heißen Stadtsommerwoche. Ich schaute gegen zwölf zur Uhr und freute mich darauf, daß die Indianerzerkleinerungsmaschinen bald verstummen würden. Ganze sechsunddreißig Stunden

unverstöpselter Abstinenz ohne Backenbrecher-, Pa-
letten-, Bierkistenlärm lagen vor mir wie ein junger
fremdländischer Liebhaber auf einer Blumenwiese.
Und richtig, eine der »Kaiserschen« Spitzenkräfte rollte pünktlich die Starkstromkabel zusammen. Ich wollte gerade einen großen Schluck aus meiner Früchte-
teetasse nehmen, da kam es auf den Hof getapert, das
Faktotum von Moabit: Eine bemützte, graue, zer-
lumpte, mannartige Erscheinung, die ich gelegentlich
hatte stehen und Schnäpse kippen sehen, in einer
schließzeitlosen Wirtschaft namens »Der Humpen«.
Mit einer Stimme, so spelunkenheiser, grobfeilen-
rauh, rostbrüchig, wie ich keine zuvor und auch seither nicht eine wieder gehört habe, in dröhnender
Phonstärke das Lied »Bomben auf England« und
Artikulationsfetzen wie »Rußkäfer, Kümmeltürken,
Kalmücken, Polacken ... Wir haben euch nicht gerufen ... Rote Fixersocken, schwule, schwarze, schlitz-
äugige Schweinebande« grölend, fiel das axtbewehrte
Faktotum über Kisten voll zum Wegschmeißen bereit-
gestellten Gemüses her.
Ich verstand nicht im geringsten, was da lief; jedenfalls ragte für einen Moment »Kaiser's« rosig-weißer
Filialleiter aus dem Lieferanteneingang, im folgenden erspähte ich ein Six-Pack Pils nahe dem unablässig sein Lied sowie weitere wüste Beschimpfungen
absondernden, Möhren, Blumenkohle, Selleries in
einen Sack steckenden und dabei auch noch die
Sperrholzkisten zertrümmernden Faktotums, das die

aus mehreren aufgerissenen Fenstern erschallenden »Ruhe«-, »Schnauze«-, »Arschloch«-Rufe vollständig ignorierte.

Ich schrie nicht; ich begab mich, von einer seltsamen, raubtierhaft-konzentrierten Ruhe erfaßt, mit einer großen, dickpelligen Plastiktüte zum Wasserhahn. Ich ließ die – tatsächlich dicht haltende! – Tüte halb voll laufen, verknotete sie, suchte Deckung hinter dem Fenstersims, holte Schwung, schmiß und ging neben der Spüle in die Hocke. Ich hörte, wie die Wassertüte am Boden zerplatzte, und wußte, ich hatte nicht getroffen. Das bewirkte aber nur, daß mein so plötzlich und unerwartet ausgebrochenes Jagdfieber cholerisch hochging auf etwa vierzig Grad. Meine Augen verengten sich zu Zielkimmen, und alle meine Muskeln spannten sich wie Abzugshähne. Ich federte zum Kühlschrank, öffnete wie in Trance dessen Tür, ergriff ein eiskaltes Drei-Liter-Schraubglas mit der Aufschrift *Schlesisches Gurkenbömbchen*, das vom »Kaiserschen Verbrauchermarkt« herrührte, stellte mich seitlich hinter das Fenster, fixierte mein ganz unkooperativ umherhampelndes Ziel oder Opfer und ließ, einen kleinen wohlkalkulierten Schwung nehmend, die Konserve fallen, genau in dem Augenblick, da sich die Mitte seines Kopfes schnurgerade unter meinen Händen befand.

Hätte ich aus dem zweiten oder noch aus dem dritten Stock geworfen, das *Schlesische Gurkenbömbchen* wäre ein Volltreffer geworden; doch so, aus dem vierten, war der Fallweg wohl um den Bruchteil einer Sekunde zu lang.

Das *Faktotum von Moabit* saß blutend inmitten der verstreut herumliegenden Dillgurkenscheiben auf dem Beton, zog sich einen größeren Glassplitter aus dem rechten Oberschenkel und brüllte um Hilfe, die nicht kam. Ich kniete auf den ächzenden Dielen meines Fußbodens und wartete auf die Polizei; die kam aber auch nicht.

LUDWICH

Es war eine Winternacht zu einem Mittwoch und fast drei Uhr. Es klingelte, ganz kurz nur, dann noch einmal, kaum länger. Im Bademantel, auf nackten Zehen, pirschte ich zur Tür, schaute durch das verglaste Loch. In dieser Moabiter Junkie-Gegend klinkt man seine Wohnung nicht einfach auf; man hat mindestens ein Stahlzylinderschloß, hält den Spion, das kleine Bullauge, stets streifenfrei sauber und öffnet, wenn überhaupt, nur bei eingehakter Kette, aber bloß Leuten, die man kennt, oder einem, der aussieht wie ein Postler; zweien von der Sorte allerdings schon nicht mehr. Der Mann, der in jener Nacht vor meiner Tür stand, gehörte weder zur Sparte Bekannte, noch konnte er ein Zustellbeamter sein; die haben andere Arbeitszeiten. Er hatte eine große, dicke Nase, rot wie die des

Rentiers Rudolph. Keine Mütze, nicht einmal ein Haar, bedeckte seinen Kopf; einen Mantel oder wenigstens einen Schal trug er auch nicht. An seinem karierten, dreckigen Polyesterjackett fehlten die Knöpfe.

»Was is?« bellte ich im Schutze der Dunkelheit hinter meiner Tür. Der Mann, der einen Fuß schon wieder auf der Treppe hatte, zuckte zusammen, doch dann hob sich seine schmale Brust, und in dem wohlbekannten, immer irgendwie beleidigt klingenden Berliner Tonfall sprach er: »Tschuldigung, Ludwich mein Name, Erich Ludwich. Ick wollte ja bloß Bescheid sagen. Brennt nämlich bei Sie im Keller. Hol'n Sie ma die Feuerwehr, besser isses.« Ludwich nickte soldatisch knapp und entfernte sich aus meinem begrenzten Blickfeld; ich hörte ihn die Stufen runterhopsen.

Also gut, ich zog mir irgendwas an, nahm die Taschenlampe und den Kellerschlüssel, und machte mich auf den Weg. – Tatsächlich, Qualm! – und dieser spezifische Geruch nach geräucherten Sprotten, schon im ersten Stock. Also eilte ich wieder rauf ans Telefon, die Feuerwehr rufen. Zwanzig Minuten später war sie da. Acht mit martialischen Helmen vermummte Männer in diesen nachtblauen Overalls stürmten den Hinterhof.

Aus etwa drei Boa-dicken Schläuchen ergossen sich Schwälle kalten Wassers über die in unseren Kellern gehorteten Kohlen, Fahr- und Motorräder, Autoreifen, Apfelmusgläser, Weinflaschen und Dope-Päckchen. Außer mir, die ich, in mein Flanellnachthemd gewickelt, nahe der Haustür stand, sah niemand dem Treiben zu.

Während seine Kollegen die Schläuche wieder aufrollten, trat einer, vermutlich der Oberfeuerlöscher, an mich heran. »So«, sagte er, »ein gewisser Ludwich hat also bei Ihnen geklingelt und von einem Brand gesprochen? Na, wo isser denn, der Ludwich? Ich brauche Ihre Personalien fürs Protokoll; muß ja nun ermittelt werden, und Sie sind Zeugin.«

Ein Vierteljahr später kam dann der Brief. Das Feuerdezernat der Kriminalpolizei forderte mich auf, zu einer Gegenüberstellung, einer »Identifizierungsmaßnahme«, zu erscheinen.

Sie führten mich in diesen fast dunklen Raum. Im grellen Neonlicht, hinter einer Glaswand, einem Spion von den Ausmaßen einer Schaufensterscheibe, standen neun Männer in einer Reihe nebeneinander und hielten – wie Revuegirls – je ein Schild mit einer Nummer drauf vor dem Bauch. »Gucken Sie sich die genau an«, sagte der Kommissar: »Und keine Angst, Sie können *die* sehen, aber die nicht *Sie*.«

Mein Ludwich war der fünfte von links. Sein ganzes Gesicht war so rot wie damals nur die Nase. Seine Augenlider zuckten; er schaute auf die numerierte Pappe in seinen Händen, die weiß und lang waren, und abgeknabbert – bis aufs verhornte, blutige Bett – jeder seiner neun Fingernägel; am rechten Daumen fehlte die Kuppe und etwas mehr. Diesmal trug Ludwich einen lappigen, viel zu großen Anzug; aus den Hosenbeinen, die dramatische Falten warfen, lugten hellgrüne Turnschuhe.

»Na«, fragte der Kommissar, »welcher ist es denn nun?«

Ich weiß bis heute nicht genau, warum ich nicht die richtige Antwort gegeben oder wenigstens stumm auf Ludwich gezeigt habe. Ich könne mich nicht erinnern, sagte ich, es sei so lange her; viel hätte ich damals sowieso nicht gesehen, weil mein Spion nicht gut geputzt gewesen sei, und überhaupt, die Aufregung. Nur den Namen Ludwich, Erich Ludwich, den hätte ich mir gemerkt, aber so müßte der Bescheidsager ja nicht wirklich heißen.

Ebensowenig weiß ich, ob der Kommissar mich durchschaute und ahnte, daß ich mich einfach nicht dazu entschließen konnte, jemanden zu denunzieren, auch nicht einen möglicherweise sexualneurotisch schwer gestörten Zündelbruder, der vielleicht Ludwich heißt. Mich jedenfalls mußte er ja ohnehin laufen lassen, der enttäuscht dreinblickende Herr Kommissar.

Vor drei Monaten ist unser Haus nun doch noch abgebrannt, bis runter zum zweiten Stock. Also war der Feuerherd zumindest diesmal nicht einer der Keller, und Ludwich kann es auch nicht gewesen sein. Denn der, das sagte mir am Telefon der mir schon bekannte ermittelnde Kommissar, heiße geschrieben Erich Ludwig und sitze, seit und obwohl ich ihn nicht identifiziert hätte, »schon längst nicht mehr auf der Straße, sondern auf der Turmstraße; – ja, Frau M., Ihrem ehemaligen Haus diagonal gegenüber, in der Moabiter Untersuchungshaftanstalt. Aber Sie, als Nicht-Angehörige, können ihn da erst besuchen, wenn er rechtskräftig verurteilt ist.«

SILVESTERFEUER

Wie lustig fand ich früher diese Angsthasen, die mitten im Film aus dem Kino weglaufen, weil sie sich nicht sicher sind, ob sie auch wirklich den Stecker des Bügeleisens gezogen oder das Teelicht unterm Stövchen ausgeblasen haben. Was konnte ich lachen über den Witz, den mir ein dicker Mann auf einer Chicagoer Parkbank erzählte: Ihm gehe es gut, er sei Feuerfighter, sein Bruder Kassierer bei einer Tankstelle, und der erste Löscheimer sowieso immer voll Benzin. – Bis ich vor sechs Jahren, mit nichts als einem kleinen Köfferchen von einer Lesereise kommend, in einem Moabiter Hinterhof stand und fassungslos hinaufschaute zum noch qualmenden, rudimentären Gerippe des verkohlten Dachstuhls und den zwei schwarzen Löchern darunter, die meine Fenster gewesen waren ...

Seither gehöre auch ich zu den Feuerneurotikern; ich bin einschlägig versichert, hasse Kerzenlicht, werfe

Kippen nur ins Klo, verteile, wenn ich wegfahren muß, Schlüssel an die Nachbarn und fürchte Silvester.

Doch letztes Silvester saß ich nicht, wie es sich für eine von meiner Sorte gehört, mit dem Schaumlöscher vorm Fernseher, sondern leichtsinnigerweise auf einem Fest bei Freunden. Und richtig, als ich am Neujahrsmorgen heimkehrte in meine derzeitige Dachwohnung, die sich im auch nicht gerade für besondere Feuerresistenz bekannten Berliner Wedding befindet, mußte ich erkennen, daß es gleich drei Raketen geschafft hatten, die Doppelfensterscheiben zu durchschlagen. Ich fixierte die gegenüberliegende Häuserfront, berechnete im Geiste die Flugbahn, sammelte ein, was von den Geschossen übrig war, und trug das, samt meinem Verdacht, zum Brandschutzdezernat der Kriminalpolizei, wo man mir grinsend ein Beruhigungsmittel empfahl. Ich verstand das auch irgendwie; schließlich war ich ja selbst einmal eine von denen, die Leute wie mich nur komisch anschauten. Dennoch konnte ich das ganze vergangene Jahr fast an nichts anderes denken als ans nächste Silvesterfest. Spätestens ab Oktober 1998 ging ich beinahe täglich für ein, zwei Minuten auf meinen Balkon und schaute sorgenvoll hinüber auf die andere Seite. Ich sah nie etwas, war mir aber sicher: Dort, hinter den Fenstern im dritten oder vierten Stock, befaßten sich die fiesen Zündelbrüder und -schwestern, die meine Fenster beschossen hatten, mit Ballistik, füllten Schwarzpulver in Pappröhrchen und erwarteten sehnsüchtig die nächste offizielle Gelegenheit, wieder das Feuer auf mich zu eröffnen, oder richtiger: die Luftangriffe gegen mich fortzusetzen, Silvester 98/99. Und weil ich wußte, daß ich am 31. 12. nicht zu Hause, sondern in Amsterdam sein würde, und auch meinen Nachbarn nicht überreden konnte, den Wächter zu spielen, mußte ich mir diesmal wirklich was einfallen lassen. Auf die beste Lösung brachte mich in einem der Baumärkte, die ich sinnend durchstreifte, ein Verkäufer. »Da wären noch zwei Rollen Fliegendraht«, sagte er, nachdem er mich tatsächlich zu Ende angehört hatte. Ich nahm das Zeug und nagelte es, in Stücke zerschnitten, vor meine Fenster. So, ihr Ärsche, dachte ich, als ich mit pochendem, weil vom Hammer getroffenen Finger in der Nacht zum 30. Dezember unter zwei Steppdekken kroch, um die Detonationen verfrühter Böller nicht mehr hören zu müssen. Ich war schon am Wegdämmern, sah, wie so oft im ersten Schlaf, noch ein paar Flammen lodern – und sprang wenige Momente später hellwach aus dem Bett. Hatte da wirklich jemand »Feuer« gerufen? Oder hatte ich das bloß geträumt? Doch nein, da war die Stimme wieder, eine dünne, helle Frauenstimme; »Feuer«, schrie sie: »Feuer, Feuer.«

Ich ergriff meinen Bademantel, stürzte auf den Balkon. Aus dem mittleren Teil des gegenüberliegenden Hauses quoll Rauch; hinter zwei Fenstern im dritten Stock sah ich nichts als flackerndes Rot – das absurderweise dem elektrisch erzeugten in diesen albernen künstlichen Kaminen ähnelte. Von den oberen Balkonen links und rechts neben den glühenden Fenstern winkten mir Menschen. »Wo brennt's denn«, fragten sie, unaufgeregt, als hätten sie noch nicht begriffen, was los war. Natürlich, dachte ich, die können nur den Rauch sehen, aber nicht, woher der kommt. Drei Männer rammten einen weggeworfenen Gasherd gegen die abgeschlossene Haustür. Wozu, dachte ich, die Treppen runter schafft es eh keiner mehr. Jetzt zersprangen die Fensterscheiben, Flammen züngelten ins Freie, ergriffen das Dach. Ich wollte die Feuerwehr rufen, da hörte ich sie schon. Leitern wurden ausgefahren, die Menschen von den Nachbarhausbalkonen geholt, Schläuche entrollt. Ich zog mich an und lief auf die Straße. »Nein«, antwortete mir einer der Feuerwehrmänner, »in der Brandwohnung war niemand.«

Zwei Stunden später fuhren die roten Autos wieder weg. Ich ging zurück in mein Bett, konnte aber nicht gleich einschlafen, weil ich mir ausmalte, wie die Knallkörperfans von da drüben nachher aus irgendeiner Kneipe kämen, voll des Bieres und der Vorfreude auf den 31., und wie sie dann zu den Fensterhöhlen hochstarren und lange brauchen würden, bis sie allmählich begriffen, daß nun buchstäblich alles ins Wasser gefallen war: Ihre Möbel, ihre Sektflaschen, ihre Raketen, ihr ganzer schöner kleiner Silvesterkrieg.

IM EISBLOCK
Dramatische Prosa

O-Ton Treppenhaus, Berlin-Neukölln:
»Der sollte mal seine Frau drücken und
nicht immer bloß dieses Heroin.«

Unsere kleine Auflösung stabilisiert sich/ unwahr-
scheinlich.

Du schläfst so still und ergreifend,/ dass ich öfter auf-
wache,/ rüberfasse/ zur Kontrolle,/ ob du nicht/
schon tot/ am Ende.// Meine Uhr tickt/ wie ein
Herzschrittmacher./ Der Ratte El Friede,/ arabische
Schreib-Waise,/ geht's auch nicht so gut.// Doch
hoffe ich,/ wir nehmen uns,/ einmal noch,/ zusammen.

Während sie den Rock und fast gleichzeitig das bereits aufgeknöpfte Hemd an sich runterfallen läßt und
geduckt, mit gebeugten Knien, die Arme vor der bloßen Brust, dem Bauch, der Scham unter dem Schlüpfer, der Strumpf- und der Miederhose verschränkt, nahezu lautlos auf Wollsocken, ins Zentrum des Raumes
vordringt, observiert die Frau die von Geburt an sehr
hellen und deshalb noch in dem Schatten, den ihr

Körper wirft, als kleinpupillig erkennbaren Augen des angezogen auf der Matratze liegenden Mannes, eines Junkies, der genau beobachtet, wie ihre Augen seine Augen nach den spiegelverkehrten, undeutlichen und lückenhaften Wiedergaben kaum verschlüsselter Botschaften absuchen, die, extra für ihn, in ihren beiderseits des Nasenrückens wechselweise kurz zu- und an immer anderen Stellen erneut aufgeschlagenen Augen geschrieben stehen sollen.

Was er gerade denkt, oder vorhin oder nachher, wenn er überhaupt etwas denkt, jetzt oder jemals, wer weiß es besser als sie?

Laß das Zwinkern mit den Lidern/ und aus den Augen/ das Absondern von Tränenflüssigkeit,/ das bloß vom mich Anstarren herrührt, sagt des Fixers starrer Blick der Frau ins Gesicht: Du und ich,/ wir könnten beide/ manchmal herrlich zu/ und auch zu-sammen sein.// Aber nein, aber nein, aber nein ...

Immer diese Selbstzweifel, ihre Allesvorherundbesserwisserei, das Nichtgeliebtwerden, mit dem wir sie massakrieren, niemand, keiner und ich. Sie dagegen, o wi(e)-so-sehr liebt sie – gerade mich! Sie hat schon oft schon viel verloren, da kann sie diese, in ihrem langen Leben letzte und darum wichtigste *Beziehung*, das Wort muß aus der Polstermöbelbranche sein, oder aus dem Hotelfach, nicht auch noch drangeben. Alle ihre Therapeuten haben ihr geraten, *sich* zu trennen. – Man(n) sieht zur Rechten wie zur

Linken/ zwei halbe Amazonen niedersinken. Oder
der Spruch: Es trennte sich ein Regenwurm./ Nun
trotzen zwei dem großen Sturm. – Sie hat sich nicht
mal von einem Teil ihres Hüftspecks trennen können. Da, wie sie sich wieder klein macht, den Körper
krummschließt. O, wie sie sich zum O wölbt beim
Ausziehen, – nie zieht die aus! – eine nackte weiße
Made, die endlich nervös wird unter meinem Blick,
ein kokosnußhaariger Kopffüßler, laokoonmäßig
mit der Strumpfhose verheddert – und tobt wie Ham-
let im Einkaufsnetz. Das dauert viel länger so; dabei
will sie schnell in mein Bett, aus Scham vor Gier, in
der Hoffnung auf Enttäuschung, in Erwartung äuße-
rer Erwärmung halb starr vor innerer Kälte. Gleich
wird sie mehr gähnen als stöhnen und mit demütigen, schwach zappelnden Fischfingern nach meinem mageren schwitzenden Leib tasten, fragend for-
dernd, und ich werde daliegen. – Kochen kann ich
nicht, aber guck mal, wie ich da liege (!), – reglos, wie
Schneewittchen im Eisblock, wie Summsummchen,
die Ur-Scheißhausfliege im Harzsarg, verbernstei-
nert. Sie ist oder ißt eine Kinderseele, die eine
Pflaume ißt oder ist, ein Pflaumenkind, eine Kinder-
pflaume von einer Seele, eine Seelenpflaume von
einem Kind, – in einer Substanz ähnlich einer Masse
ungebacken breitgelaufenen Eierkuchenteigs, die
klebt rücklings am Laken, still und starr jetzt, wie
aufgetischt. Doch dann, plötzlich und unerwartet,
wie es in den Todesanzeigen gerne heißt, hebt sie zu

singen an, schrägen Tons, mit einer ihr eigen-artigen Melancholie in der Stimme: Wir wollen nie-mals aus-einandergehn,/ wir wollen immer in die Sauna gehn.// Wir wollen niemals auseinander ... gähn. Sie schaut, als ob die gemeint wäre (!), die Decke an dabei, Zudecke, Zimmerdecke, die vom Bett hat sie über mich geworfen und weiß doch genau, wenn ich nicht aufstehen und rausgehen will, *muß* ich mir das anhören, diese infantilomasochistischen Anzüglich-keiten. Noch immer bildet sie sich ein, mein Desin-teresse habe was mit ihr zu tun, mit ihrer Figur oder ihrem Charakter. Sie kapiert nicht, daß sie genausogut aussehen und sein könnte wie Clara Zetkin oder die Uta von Naumburg oder ein Teller voll bunter Knete, und nichts wäre anders bei mir. Auch wenn sie dauernd dasselbe singt, wie mit Absicht falsch und stundenlang, ich liebe dann etwas an ihr, etwas, das sie zu beruhigen scheint, aber merkwürdig fremd wirken läßt, wie vielleicht mich das Heroin. Und wenn ich überhaupt mal wieder wen küssen wollte, dann sie und selbst die *nur dann.* Doch wie ich ihr oft schon sagte, mir fehlt zu Küssen jegliche Lust. Und so küßt sie mich, freundschaftlich, schwe-sterlich, mütterlich ... sollte ich meinen, meine ich aber nicht. Ihre als Familienküsse getarnten Attacken sind der Versuch, zwei Eiswürfel aneinan-derreibend Funken zu schlagen, die einen gefrore-nen Laubhaufen zum Brennen bringen sollen, neu entflammen einen erloschenen Vulkan. Immerhin, bei Vulkanen weiß man nie. Ich bin kein Vulkan, kein kreißender Berg, der Feuer gebiert – wenn's Zeit ist – aus seinem Haupt; bin ich einen Vesuv wert? Ich lasse es geschehen, ich wehre mich nicht, um sie nicht noch mehr zu verletzen, als sie sich verletzt an mir. Und wenn sie keine Eiswürfel hätte, sie wäre imstande, sich an einem Stein, vielleicht einem Findling, wie ich, so lange so sehr zu reiben, bis sie sich wundgescheuert hätten aneinander, sie *und* der Stein. Sie ist so gnadenlos stur, daß man sie eines Tages mittels Waffe oder Gift wird erlösen müssen, auch wenn man's dann *dreist* kaum mehr mag noch fähig dazu ist, geschwächt, wie sie einen hat. Und dann wird man sie kopfunter in Beton gießen müssen, damit sie keine Wurzeln mehr schlagen kann oder höchstens noch eine Luftwurzel – zum Abhakken; sonst stirbt die nie,/ wäre es ewig schade um sie. Dieses Reimen, phantasielos und zwanghaft, damit hat sie mich angesteckt. Oft erfaßt auch mich eine Melodie, die lasse ich Wörter suchen wie Pilze, bis sich das Lied verirrt im Dickicht des Schlafs: Es liegt eine Leiche im Landwehrkanal./ Die Leiche ist dick und so schmal der Kanal./ Wie lange lag längs sie und nun liegt sie quer/ und lahm liegt der städtische Fahrschiffverkehr.// Es schwimmt eine Leiche im Landwehrkanal,/ darauf sitzt kein Frosch und darin wohnt kein Aal./ War einst ne Frau sie oder doch ein Mann?/ Wer weiß wer sich das dann noch aussuchen kann.// Es gibt wieder Leichen im

Landwehrkanal/ ... Gleich wird sie zu weinen anfangen, sich selber anfeuernd, wenn der Strom zu versiegen droht, endlos wimmernd und weh, daß es einen Hund jammert, die Sau graust, und selbst ein Schaf wird böse. Und ich, ich will doch nur ins Leere leben, fühlen meine Fühllosigkeit, wie ein Beefsteak, kalt und roh. Sie läßt mich nicht; sie weiß nicht, daß mir all diese Selbstgespräche gar nicht durch den Kopf geistern können, weil der total-anästhesiert ist, hohl, die faulen Schalen einer tauben Nuß, die nur eins noch vorhat, abtauchen: »Bis dahin, wo kein Grund mehr ist, und keine Wieder-kehr.« Vielleicht will sie es nicht wissen, nichts da-von. Sie ist eine quengelnde Querulantin, eine Ner-venraspel, süchtig nach etwas, das wohl einst ich ihr gab, das aber längst verbraucht ist, und irreparabel kaputt die Anlage zur Reproduktion – von dem Ver-langen – oder was das war. Aber ich, der ich, hätte ich Kohle wie sie, Stoff reintun könnte, bis ich pappsatt wäre, »Uhu«-zu und hinüber sogar, ich, dessen Bal-sam auf seine wunde Seele am anderen Ende vom Telefon Tag und Nacht geduldig lauert, ich soll auf-hören, – ihretwegen meinetwegen. Und das fordert die, grade die da, die nichts mehr ist als süchtig, sinn-los süchtig, ohne Aussicht auf Befriedigung, ohne Hang zum Ersatz, vollständig trostlos. Gut, ich bin der Fixer und hänge an ihr, aber sie ist *drauf* auf der Nadel, fixiert, wie ein aufgefalteter Falter: Ins Netz gegangen, in Formalin getaucht, das Herz, vorausgesetzt, so eine Butterfly = Butterfliege hätte eins, ganz durchpfeilt vom spitzen Stahl, – ziemlich zynisches Seemannsgrab- und Liebessymbol. Doch zum Glück sind Insekten herzlos und kennen wohl auch sonst keinen Schmerz, wie die Indianer. Das ist zu vermuten, wegen einer Geschichte, die mir gerade wieder einfällt.

Als ich Kind war, da gab es einen Schulfreund in meinem Leben. Dem hatte ich, um anzugeben, erzählt, ich besäße Schmetterlings- und Käfersammlungen, geerbt von meiner Mutter, die zoologische Verhaltensforscherin gewesen sei, vor ihrem frühen Tod im Maul von einem Nil-Krokodil. Er hat's geglaubt, der Idiot. Dann fuhr er mit seinen reichen Alten in Urlaub nach Afrika, oder war's Indien, und ich mußte aufs Postamt, dort sollte ein Päckchen für mich liegen. Es war das erste Päckchen meines Lebens. Gleich vor der Post zerriß ich das fremd, aber nicht gut riechende Packpapier und hielt einen Spielzeugtresor aus rotem Kunststoff in der Hand. Ich ging los damit, doch was das sollte, verstand ich nicht; außerdem bekam ich diese lächerliche Spielzeugtresortüre nicht auf. Ich kriegte die Wut und dachte daran, den Plastikkasten mit dem Hammer zu knacken, wovon er dann aber leider kaputtgegangen wäre. Im Knast später fiel mir das oft wieder ein; das war wohl ein Omen damals. – Man wird abergläubisch mit *den* Jahren. – Jedenfalls befiel mich eine Ahnung; ich machte kehrt. So schnell ich konnte, rannte ich zurück zum Postamt. Die Freude war groß, auch wegen der Briefmarken, die ich nämlich wirklich sammelte, als die Verpackung da noch rumlag und mein Verdacht sich bestätigte: Ich fand im zerknüllten Papier ein Stück Zettel, auf dem stand die richtige Zahlenkombination, mit einem Gruß von dem Freund, den ich vergessen habe. Einen Moment lang war ich nun wieder gespannt, im nächsten kam mir das Grausen. An die hundert aufgespießte Käfer, mächtig große, auch kleinere, ölig schillernde, blaue, grüne, gelbe, rote und schwarzbraune, glatte, genarbte, sogar gehörnte, schüttelte ich aus dem Ding, das mit seinem kreisrunden Loch, der in Angeln daran hängenden quietschenden Tür und dieser horrormäßigen Besatzung jetzt eher an eine absurde kleine Waschmaschine erinnerte. Fast alle diese Käfer lebten noch. Einige, deren Instinktmechanik erstaunlich gut funktionierte, krabbelten, geordnet ihre Füße setzend, ziellos umher. Obwohl ich es bleiben ließ, *das* Bild kann ich mir heute noch vorstellen: Wenn ich die Käfer nun reingesetzt hätte in eine der etwa drei Stunden alten Pfützen, die an diesem Vormittag überall herumstanden zwischen den Steinen des aufgerissenen Straßenpflasters, sie hätten sich langsam, still im Kreise gedreht, wie Geisterschiffchen, segellose Einmaster ohne Mannschaft; die wäre, bestehend aus jeweils acht zarten, aber auch zähen Ruderbeinchen, das Schiff selbst gewesen, bei Windstille, weit draußen, auf hoher See. Der Anblick, den die Viecher boten, war jedoch auch so, auf dem Trockenen, traurig genug. Und wirklich, komisch bunt sahen sie aus, zu bunt. Ich stellte mir vor, daß dieser sonnenstichkranke Junge da in Afrika sie vorm Pfählen erst noch angemalt hatte, mit Deckfarben aus dem Schultuschkasten, wie Ostereier. Mit den glasköpfigen Hut- und Stecknadeln, auch Sicherheitsnadeln und solchen von Abzeichen in ihren Rücken waren diese Gesandten einer dritten, vierten, fünften ... Welt so was wie Fahnenträger. Wahrscheinlich hatte mein Kumpel, oder wer sonst, bloß vergessen, ihnen die entsprechenden Botschaften und Symbole, Spruchbänder vielleicht oder Vereinswimpel oder Nationalflaggen, an die Masten zu heften.

Aus Mitleid versenkte ich die ganze Bande samt Spielzeugtresorsarg in die Erde am Fuße einer schönen Kastanie vor meinem ehemaligen Kindergarten. Als ich später aus dem Fenster sah, zu der Stelle hin, gingen dort Krähen mit ihren kräftigen Schnäbeln heftig zu Werke.

Und wenn diese Frau, wie es in ihren Ratgeberbüchern steht, schon süchtig ist nach Liebe, warum dann nach derartiger – und von mir? Warum nicht nach einer anderen von einem anderen? Warum ist sie nicht einfach AlkoholikerIn oder FixerIn, wie ich? Wird sie einmal auch selber sprechen und mir keinen Text erfinden, den ich gar nicht habe, und aufhören, mir den zu verbieten, den ich auch nicht habe?!

BOSTON IM OSTEN

Kurzes aus einem langen Winter

FLIEGENDE RAUCHER

Ja, durchaus, diese gottverdammte Raucherei kann einen manchmal ganz schön fertigmachen. Etwa, wenn man nachts um drei an seinem wohl ewig unvollendet bleibenden Werk sitzt und plötzlich nicht mehr weiterweiß, weil die Schachtel leer ist. Da stürzt man dann im Nachthemd an die Garderobe und zum Kleiderschrank, durchwühlt sämtliche Taschen sämtlicher dort herumhängenden Mäntel, Jacken, Hosen nach automatengerechten Münzen und entwickelt dabei den Ehrgeiz einer eifersüchtigen Gattin, die ihres Mannes Klamotten nach Beweisen seiner Untreue absucht. Schließlich krallt man sich mit schwitzigem Händchen einen Schein, fährt barfuß in die Stiefel, wirft sich irgend etwas über, stürzt hinaus auf die regennasse Straße, hinein in die neblig-kalte, von allerlei undurchsichtigen Gestalten behauste Novembernacht, und ist ab jetzt, womöglich für lange Zeit, vielleicht sogar für den Rest seines Lebens, auf der Suche nach der einen noch offenen Kneipe, die einem den zerknüllten Geldschein wechselt für das so bitter benötigte neue Päckchen Glimmstengel. – Wie viele von uns gingen schon Zigaretten holen und kamen nie mehr zurück?!

Aber was tut man nicht alles, welches Risiko nimmt man nicht auf sich als Tabaksteuerzahler – und nichts Geringeres sind wir, das muß hier mal ganz klar gesagt werden –, als antihysterischer Träger einer nicht unmächtigen Säule uralter Menschheitskultur, der zum Beispiel die Kunst mehr liebt als das eigene Leben.

Regierungen aller Länder, Finanz-, Kultur- und Verteidigungsminister sämtlicher Kabinette, Direktoren der Museen Europas, Intendanten der Staatstheater der Bundesrepublik Deutschland, Mimen, Musiker, Maler, Schriftsteller, die ihr zu einem beachtlichen Teil auf unsere Rauchwarenkaufkraft angewiesen seid, Tabakarbeiter und -industrielle, Lungen- und Nervenärzte der Welt, deren Brötchengeber wir sind, was würde aus euch, wenn wir Nikotinabhängigen dieser Erde alle miteinander auf einmal für immer aufhörten, zu inhalieren, zu schnupfen, zu kauen? Und wenn nun am selben Tage auch noch die Alkoholiker, die Vielfraße, die Lotto- und die Glücksspielbesessenen – in Tateinheit mit den Junkies, den Koksern, den Cannabiskonsumenten unter uns und sogar den Nichtrauchern – ihre sämtlichen Süchte niederlegten, na dann gute Nacht.

Aber das ist blanke Polemik, mit der ich vermutlich nicht einmal einen einzigen (kunstliebenden?) Rauchverbotsbefürworter von unserer selbstlosen Hingabe, unserer großzügigen, demütigen Einsicht in die Endlichkeit menschlichen Seins werde überzeugen können. Sagt man nicht, der Mensch sei dieses hochentwickelte Wesen, das allein wüßte, daß es sterben muß? Nun, besser als jeder sonstige weiß dies der rauchende Mensch. Wir wollen nicht ewig leben, nur uns freuen dürfen – auf die nächste Zigarette. Wir sind bereit zu sterben, billig, weil vergleichsweise schnell, für die Kunst, jawohl, – und für den einen Nichtraucher, der sich entschließen könnte, uns für unseren selbstzerstörerischen Einsatz wenigstens ein bißchen zu mögen. Doch nein, sie hassen uns, diese paranoiden Hypochonder, einfach, weil wir sind, wie wir sind, weil wir uns nicht so fürchten und uns lieber in ein sehnsüchtig intensives Leben stürzen denn fügen in ein langweiliges langes. – Und dies Scheinargument vom Passivrauchen ist auch nicht neu, aber schlecht, denn wir sind ja nicht aus Wurzel-, also Pfeifenholz; wir fliehen unsere gesundheitsbewußten Mit-Menschen (das Wort Art-Genossen will ich hier mal aus- oder einklammern, weil es geeignet wäre, eine dem englischen »*art*« entlehnte Assoziation zu stiften, die jedoch bewiesenermaßen nicht viele Vertreter jener Gruppe verdient hätten), sobald wir sie nahen fühlen. Wir fliehen panisch ins Freie, noch ehe ihre Blicke uns auch nur streifen können wie giftige Kugeln und stechende Blitze.

Und nun lassen Sie mich, ehe ich wieder losmuß, das nächste Päckchen kaufen, noch eine Geschichte erzählen, eine fast unpolemische, wahre Geschichte aus dem Alltag einer Raucherin.

»Halt, mein Freund, wer wird denn gleich in die Luft gehen? ...« skandierte meine innere Stimme wieder und wieder den Anfang des alten Werbespruchs für jene tiefdeutsche Zigarettenmarke, auf die auch heute noch rauchende, abergläubische deutsche Schauspieler schwören, weil diese Sorte angeblich die einzige ist, von der man nicht husten muß.

Die Lufthansa-Maschine, mit der wir Richtung Boston unterwegs waren, die anderen, er (der Held des Folgenden) und ich, hatte gerade ihre reguläre Flughöhe erreicht, die Anschnallzeichen waren soeben verloschen. Hinter uns und einem Vorhang schepperte es, und wegen des von dort heranwehenden penetranten Hammelbratengeruchs hatte ich Grund genug, anzunehmen, daß all dies mit dem Service zu tun habe. Ja, es war genau der schöne Moment, in dem ich mir – vor sechs, sieben Jahren noch – die erste ins Gesicht gesteckt hätte. Aber jetzt, auf diesem interkontinentalen Nichtraucherflug unter all den Nichtraucherflügen, welche die Firma mit dem Vogel mir seither zumutet, schimmerte mein – manchmal schon noch rosiges – Antlitz eben deshalb nicht geheimnisvoll hindurch durch weißliche Schleier würzig duftenden Nebels; nein, es funzelte, so mein Taschenspiegelbild keine entzugserscheinungsbedingte Halluzination war, Steven-King-grün heraus aus der allgemeinen Dämmerung in der überwiegend amerikanisch besetzten Reihe achtzehn. Denn mir war speiübel; wahrscheinlich längst nicht mehr von den etwa zwölf Zigaretten, die ich kurz vor dem Abflug binnen zehn Minuten sturzgeraucht hatte. In meiner linken

Armbeuge zwiebelte ein schweißfeuchtes, vermutlich viel zu schwaches Nikotinpflaster all die feinen, gesträubten Härchen; ich biß auf einem Bleistift herum wie ein hungriger Hund auf einem Knochen. Irgendwann verabreichte mir eine der fleischfliegenblauuniformierten Stewardessen einen kaum tröstlichen Schluck pfälzischen Rotweins nebst einem bleichtrockenen Stück Hühnerbrust auf einem Verrat am Spinat, der einzigen Alternative zu dem schwammig ausschauenden Lammbraten mit schwarzer Soße. Und schließlich schoben sie auch noch den – in Zigaretten und Spirituosen wohlsortierten – Duty-free-Wagen durch die Gänge. Natürlich ließ ich mich nicht lumpen, sondern kaufte die zulässige Höchstmenge Marlboros plus einer Pulle Whiskey.

Unendlich langsam verschlich die Zeit; die grauen Zellulosedeckchen waren verteilt, die Amerikaner eingepennt. Außer mir wachte nur noch er, der nervöse, unablässig Bonbons auswickelnde, blaßgelbe ältere Mann in Reihe siebzehn, rechts außen.

Sie kamen auf ihn zugeschritten wie die heilige Inquisition, – drei von den Fleischfliegen, Kalfaktorinnen mit hocherhobenen, strohblonden Köpfen, sowie der Herr Frusthansa persönlich, als Kopilot verkleidet – und hatten gesplittertes Gletschereis im Blick. Halbkreisförmig umstellten sie den Mann. »Wir«, sprach hell und klirrend die Anführerin, »glauben, daß Sie auf der Toilette geraucht haben. Oder wollen Sie etwa leugnen, so, wie Sie nach Qualm stinken? Sie wissen,

daß wir Sie in Boston der Flughafenpolizei ausliefern
können?« – »Nein«, sagte leise der Mann, »das müssen wohl meine Sachen sein, die diesen Verdacht er-
regen, denn ich habe nicht geraucht, nicht auf dem
Klo, nicht hier an Bord, nur vor dem Start ganz viel.
Ich kann mich ja, zumal meine Koffer im Frachtraum
sind, deswegen nicht extra umziehen und auch nicht
mein Jackett aus dem Fenster hängen.« Die Crew-
Bande versuchte noch eine Weile, dem Mann ein Ge-
ständnis abzuringen, zog sich aber schließlich zurück,
ohne ein solches. Etliche Amerikaner waren erwacht,
hatten sich erhoben und starrten in fassungslosem
Entsetzen nieder auf das schmale Menschlein, das
zusammengesunken war wie ein Häufchen lufthan-
seatischen Vanillesoufflés, das in dieser traurigen Geschichte die Nebenrolle des von den meisten Passa-
gieren verschmähten Nachtischs spielte.
Ich schälte mich aus meinem Lappen, griff mir die
gerade erworbene Stange Zigaretten, stieg über etliche Kniepaare und stapfte nach hinten zu den drei
Fliegen. »Von irgendwelchen überall herumschnüf-
felnden Petzen auf einen bloßen Verdacht hin denun-
zierte Raucher kriminalisieren, aber Tabak verdealen
ohne Ende. Ist das alles, was ihr könnt, ihr elenden,
vorschriftengeilen Dressurerfolge?!« kreischte ich,
meine Marlboros schwingend, los. Gemeinsam mit
dem herbeigeeilten Kopiloten beschlossen sie, mich
der Flughafenpolizei gleich mit zu übergeben, weil
ich auch ziemlich qualmig röche und daher für ent-

sprechende Straftaten auf der Toilette ebenso in Frage käme wie jener suspekte alte Knabe und überhaupt jeder möglicherweise das Nichtrauchgebot kloheimlich mißachtende Raucher auf diesem Nichtraucherflug.

Die gesamte Besatzung eskortierte uns dann tatsächlich zur Flughafenpolizei, den blaßgelben älteren Mann und mich. Mich ließen die US-Beamten bald laufen, weil mir ja, außer daß ich meine bordhoheitlichen Landsleute beschimpft hatte, nichts Beweisbares vorzuwerfen war. Was, nachdem er mir zum Abschied die Hand gegeben und mich traurig angelächelt hatte, weiter mit dem Mann geschah, habe ich nie erfahren. Doch gleich im ersten besten, auf dem Wege zum Hotel gelegenen Bostoner Lobster-Lokal erblickte ich zwei Yankees, die vor großen Whiskey-Gläsern an der Bar saßen und je einen babyarmdicken Kotzbalken von einer nachtschwarzen Schmuggel-Havanna zwischen den Zähnen hielten. Da war ich, zum ersten Mal seit elf zeitverrückten Stunden, wieder ein wenig froh.

SOCIAL SECURITY NUMBER

Der altmodische Philosophensatz »Wer bin ich?« hat mich bislang nie sonderlich interessiert. Mir genügte es, wenn ich wußte, wo ich bin, wenn ich morgens beim Erwachen, wie die Psychiater sagen, »zeitlich, räumlich und örtlich orientiert« war.

Jetzt, da mir mittagssonnenklar ist, daß ich im Buckminster Hotel, am Kenmore Square, in Boston, New England, USA, vor meinem alten »Brother WP 70«-Schreibkasten auf einem britisch anmutenden, mit lila Kunstleder bezogenen Stuhl sitze, frage ich mich nun aber doch allmählich, wer ich eigentlich bin.

Ein Tourist bin ich nicht, denn ich bleibe länger und habe einen Job am Massachusetts Institute of Technology, wo sie bekanntlich 1929 den ersten Computer zusammenschraubten und damit die jüngste oder letzte technische Revolution auslösten. Aber jemand, der mehr ist als bloß ein Gast, bin ich auch nicht, denn ich warte noch auf meine *Social Security Card* mit meiner *Social Security Number* (wahrscheinlich liegt es an meinen mangelhaften Sprachkenntnissen, daß ich bei dem Wort Security an so was abartig Rumänisches wie die Securitate denke); und ohne diesen amtlichen Code gibt es nicht Scheckkarte noch Telefon, nicht einmal Leihbücherei, und bin ich also wer? Oder was? Oder wie? Meinen Paß, mit dem im fernen, alten, demo- und bürokratischen Germany so manches manchmal irgendwie gerade noch ging, den könnte ich vorm Schalter der »Bank-Boston« in der Pfeife rauchen, wenn rauchen erlaubt wäre, oder essen – das ist erlaubt.

O ja, sie erklärten es mir, die guten Menschen um mich herum. Viele besäßen hier keine Papiere, aber

alle eine Social Security Number, ohne die man bei-
spielsweise mit seinen Miet- oder Stromschulden
durchbrennen und sich im Zweifelsfall überhaupt
unauffindbar machen könnte.

Eine Kollegin vom M.I.T. hatte Mitleid mit mir und
Verständnis für mein die daheim gebliebenen Lieben
betreffendes und nun ganze vier Monate lediglich
per Telefon ausübbares Kontrollbedürfnis, sie stellte
einer der zahllosen, in dem Punkt aber samt und son-
ders unnachgiebigen Fernsprechgesellschaften ihre
Social Security Number quasi als Geisel zur Verfügung. Dennoch darf ich, bis ich eine eigene Nummer
bin, nicht mehr als zweihundert Dollar verplaudern,
sonst Draht ab und Rechnung an die Kollegin.

Trotzdem, es ist schon schön in Boston. Eisig weht der
Wind vom Atlantik, und auf den Fußwegen, die es
hier, im Unterschied zu nicht wenigen anderen US-
amerikanischen Städten, tatsächlich gibt – neben den
Autostraßen, begegnet man fast nur jungen Menschen, den Studenten der über sechzig Universitäten
und Colleges, die für die schönen – an den Passanten
gemessen, meist uralten – Cafés vielleicht nicht genügend Mittel haben. Oder warum sonst sind diese Cafés, obwohl immer auf, so leer immerzu?

Selten leer dagegen sind die vielen eher kleinen
Schaltervorräume, in denen Geldautomaten stehen,
etwa die für mich – mangels akzeptabler amerika-
nischer Karte – möglicherweise glücklicherweise
noch (!) nicht wichtigen der bereits erwähnten »Bank-

Boston«. Meinen Beobachtungen nach unbehelligt, quartieren sich dort, sobald es Abend und damit richtig kalt wird, für ein paar Stunden Obdachlose ein. Das muß schon ein irres Gefühl sein: mit dem Rücken zu den meist schwarzen Männern die Plastikpappe einschieben, die Geheimnummer tippen, die Scheine rausziehen.

Eine solche größere Dollar-Note bereithaltend, wollten heute morgen im von mir favorisierten, weil neben meinem Hotel befindlichen *liquor store* zwei jugendliche Deutsche einen Liter Whiskey erwerben. Ich glaubte nicht recht zu hören, als der kaum älter und indisch aussehende Verkäufer daraufhin fragte, ob einer der beiden mindestens einundzwanzig wäre, und ob er, wenn sie meinten, das sei so, dessen Führerschein sehen könne. »In unserem Land«, erwiderte etwas pampig und in einem hier völlig deplazierten, vielleicht Cowboy-Filmen abgelauschten Englisch einer der Jungs, »kriegt man alkoholische Getränke schon mit achtzehn.« – »Schön«, beendete der Mann hinter dem Tresen das erfolglose Verkaufsgespräch, »in meinem nicht«, und schenkte, mich mit »Mom« anredend, jetzt mir seine nicht allzu wache Aufmerksamkeit. Schnell ließ ich mir zwei Flaschen »Jim Beam« geben und folgte den Landsleuten aus dem Laden. Denn mir war die sentimentale, eben echte, Schnapsidee gekommen, daß ich diesen womöglich unglücklichen Kindern ja die eine Flasche schenken könnte, nur so, weil man zusammenhält in der Fremde. Aber die schauten sich – auf mein halblaut und in unserer Muttersprache gerufenes »He, wartet!« hin – nicht einmal um, sondern liefen Richtung *Public Garden* davon.

Wirklich, mir geht es gut in Boston. Und *hätte* ich Zahnweh oder Heimweh oder schon eine Social Security Number, ich habe diese zwei großen, vollen Flaschen »Jim Beam« ...

BUCKMINSTER HOTEL

Mir, der nicht im übertragenen Sinne, also lediglich pekuniär, sondern tatsächlich schon mal Abgebrannten, folgt das Feuer, wohin auch immer ich gehe, selbst nach Boston. Nun verfolgen mich hier nicht direkt Feuersbrünste, dafür aber um so mehr Feueralarme.

Ich hatte mein Zimmer im »Buckminster Hotel«, dessen beste Tage womöglich noch kommen, kaum bezogen, meine vom Flug durch die Zeitzonen bleischweren Glieder gerade auf die halbmeterhohe, unter jeder Bewegung sehr menschenähnlich ächzende Sprungfedermatratze des wahrlich puritanisch zu nennenden Eisenbettes gewuchtet und wischte mir mit dem Kopfkissen eine letzte der so lange zurückgehaltenen Abschiedstränen aus dem müden Auge, da ging es los.

Es klang, als hätten sich rückwärts einparkende Autos der unterschiedlichsten Typen, differenzierteste akustische Signale absondernde Fahrzeuge diverser Ambulanzen, Sicherheitsdienste und Campuspolizeien, ja überhaupt all diese bei jeder Gelegenheit dschungel-, geisterbahn- und ufoartige Töne von sich gebenden Maschinenpopulationen einer normalen amerikanischen Großstadt im fünften Stock des »Buckminster«-Hotels versammelt – und nicht auf eine Melodie einigen können. So – selbst die winzigste Zelle meines organischen Systems erschütternd, so an den empfindlichen Nerven meiner Haarwurzeln, Zähne, Fuß- und Fingernägel reißend – war das zigfache, in schwellenden Wellen heranbrausende und sich tosend an meinem Trommelfell brechende Gequietsche-Gejaule-Geheule, daß ich binnen Sekunden ein intensives Gefühl dafür entwickelte, wie es wäre, wenn ich den Verstand verlöre – noch vor dem Gehör.

Nach diesen Momenten orientierungslosen Entsetzens, in denen ich versucht hatte, mich zu fragen, was zur Hölle das wohl sei, *holiday, independence day, lost day*, ließ ich mich von der Matratze fallen, griff mir ein wolliges Etwas, das glücklicherweise mein Mantel war, und stürzte hinaus in den Flur.

An den Decken rotierten, geringfügige Abstände voneinander wahrend, flach zylindrische, handtellergroße, rot glühende Dinger, die aussahen wie Kakerlakenfallen, die sich in lärmende, bordellmäßig beleuchtete

Karussells verwandelt hatten. Selbstverständlich war der Fahrstuhl außer Betrieb, und so folgte ich auf nackten Fußsohlen den grüne Pfeile und grüne rennende Strichmännchen zeigenden Piktogrammen in das einzig von weiteren schreienden Kakerlakenkarussells erhellte, schachtartige Treppenhaus.

Ich patschte an mehreren menschenleeren, in rot zuckendes Licht getauchten, vom allgemeinen Lärm erfüllten Korridoren vorbei und gelangte schließlich zu einer schweren Eisentür, die ich aufstieß, und hinter der lag, wie die Skyline des ersehnten Hafens, das Hotelfoyer.

Da standen sie schon alle, als erwarteten sie mich längst, mich, das liebe, geborstene, letzte fremde Schiff, und ich hätte fast gewunken. – Aber ich will diese übel schwankende Metapher gleich wieder fahren lassen; was sich hier ereignete, hatte mit Hafen, Schiff oder gar Wasser nichts gemein, sondern war, endlich begriff auch ich es, ein Feueralarm.

Jeder außer mir trug Schuhe und war ordentlich angezogen. Ganz entspannt schauten die Leute, wenn nicht gelangweilt, tranken Tee oder lutschten einen dieser Lollys, die sie einem auf dem Rezeptionstresen bereitstehenden Glas entnommen hatten. Wäre es nicht so laut gewesen, man hätte wohl begonnen, nett miteinander zu plaudern.

Nach zwanzig Minuten kamen sie dann, fünf von den Bostoner *Feuerfightern*, die allein diesem Irrsinn ein Ende machen konnten und doch aussahen und

Gesichter zogen, als hätten sie heute zum zehnten Mal Kostümprobe für die nächsten zwölf Folgen der Serie »Star Trek«.

Seither treffe ich meine Nachbarn alle zwei, drei Nächte anläßlich eines Feueralarms in der Lobby unseres Hotels. Bei der Gelegenheit sehe ich auch gleich, mit wem ich nun wieder unter einem Dach stecke, wer möglicherweise abgereist ist und wer neu eingetroffen.

Was diesen Spuk auslöst – Staub oder, wie manche vermuten, Spinnen, die ihre Netze über den empfindlichen Sensoren weben –, keiner weiß es. Meine Studenten nickten schwach, als ich ihnen davon erzählte, ja, das kennten sie, so sei es eben, auch bei ihnen auf dem Campus.

Trotzdem, wenn ich, nach dem Abmarsch der *Fighter*, gelegentlich in eins der Gesichter blicke, die ringsum aus den Jogginganzügen und Bademänteln lugen, ist mir, als gebe es da, hinter Freundlichkeit und Gleichmut, noch etwas anderes, eine Spur Enttäuschung, einen Rest Abenteuerlust. Oder sollte das, wie so manches, was man wahrzunehmen meint, wieder bloß eine Projektion sein? Wäre es möglich, daß nur ich allein der immer gleich ablaufenden Manöver allmählich müde werde und doch jedesmal aufs neue etwas mehr erwarte als schon wieder bloß einen dieser – wohl grausig tönenden, aber nicht vom kleinsten bläulichen Sparflämmchen hervorgerufenen – öden, langweiligen, asselblinden Feueralarme?

DIE MARKISE VON B.

»*Spring, come to Boston*«, fleht ein Sänger im Radio.
Und andere Stimmen behaupten, der Winter hier sei
immerhin kürzer als der in Chicago; wieder andere
aber sagen, es lohne sich nicht, vor dem zwanzigsten
Mai auch nur eine Blumenzwiebel zu vergraben.
Es gießt, stürmt seit Tagen. Selbst der Kenmore Square,
an dem ich hause, im achten Stock des Buckminster
Hotels, steht mit den Kellern schon im Atlantik.
Was tun während der paar Stunden Freiheit oder
zumindest Freizeit? Der nächstliegenden Assoziation folgen, ins Aquarium gehen.
Vor den Toren des beliebten Familienausflugsziels,
unter zerfledderten Fünf-Dollar-Regenschirmen
(haltbare ambulante Nylon-Dächer sind *die* Markt-
lücke hier!), windet sich eine träge lange Menschenschlange, wie weiland in der DDR vor der Kaufhalle,
wenn sich rumgesprochen hatte, daß möglicherweise bald drei Kisten Ostseeheringe kämen. Gestalten in schilfgrünen Latzhosen verteilen *flyers*,
auf denen steht, was so alles geboten werden soll an
einem einzigen Sonntag: ein Uhr, drei Uhr, fünf Uhr
große Pinguinfütterung bei Countrymusik, vier Uhr
dreißig Besamung von Froschlaich in der Petri-
schale ...
Einen schummrigen Ort makabren Amüsements muß
ich es nennen, das berühmte New England Aquarium.
Im Zentrum des viereckigen Baus befindet sich ein

drei Geschosse hoher, stellenweise nicht untranspa-
renter Spezialglaszylinder mit einem Durchmesser
von kaum mehr als sechs Metern, den eine wasserflo-
rabewachsene Betonsäule fast gänzlich ausfüllt; um
die herum kreisen gottergeben hinter der gebogenen
Scheibe ebenso nah wie riesig wirkende, trübäugige
Engel- und Butterfische, Barsche, Barben, Äschen,
Muränen, Meeresschildkröten, und um all das, eine
Art Wendeltreppe herauf und hinunter, Hunderte von
lärmenden Homo sapiens. Ob das einer der hiesigen
Aquarianer nun weiß oder lieber nicht, Tatsache ist,
daß selbst gewöhnliche Guppys, wenn sie in diesen
dekorativen runden Gläsern gehalten werden, buchstäblich durchdrehen, denn in solchen Fischvasen
gibt es keine Ecken zum Verstecken; da verliert jedweder Schuppenflosser erst den Orientierungssinn,
dann den Appetit und schließlich das Leben.

Der absolute Gruselknüller dieser seltsamen Präsen-
tation ist ein an Rückgratverkrümmung leidender
Tigerhai, dem man wünscht, er dürfte im Korsett
weiterschwimmen, was ihn allerdings schon seiner –
lediglich beleuchtungs- und phantasiebedingten –
Attraktivität beraubte.

Zwischen dem ganzen Getier haben immerfort drei,
vier Froschfrauen ihre Auftritte; mal schrubben sie mit
Wurzelbürsten ein verkalktes Entenmuschelriff, mal
kraulen sie den weißen Bauch eines gar nicht neugierigen Mantarochens, mal machen sie auch Blasen oder
Faxen für die Kinderchen draußen. – Überhaupt die

Kinder. – Einige fangen an zu toben, weil die Tanten in den schwarzen Ganzkörperpräservativen die Fische streicheln dürfen, sie aber nicht. Andere kleine Jungs und Mädchen würdigen all das keines Blickes und betreiben, resistent selbst gegen jede elterliche Animation, ungerührt weiter ihre piepsenden Gameboys.

In einem separaten, mit Plastikblasentang garnierten engen Becken haben sich zwei als Blasentang getarnte, also ihrer Umgebung bestens angepaßte, echte Seepferdchen miteinander verhakt; unter den aufmunternden Zurufen des Publikums bemüht sich eine Fachkraft des Unternehmens vergeblich, sie – zwecks Entflechtung – aus dem Wasser zu keschern.

Die niedlichen kleinen Pinguine sind längst pappsatt; einem hängt von der vorigen Schaufütterung her noch ein Sardinenschwanz zum Schnabel raus, aber schon erwarten die Besucher, ihre Armbandchronometer vergleichend, die für zwei Uhr avisierte nächste.

Ich werfe einen letzten Blick auf diverse Hummer in verschiedenen Entwicklungsstadien. Einem Schildchen entnehme ich, daß jenes nicht einmal daumenlange Krebslein, das mir gerade Stielaugen macht, bereits sieben Jahre alt ist. Also, schlußfolgere ich erstaunt, war der zwei-Teller-große Brocken, den ich gestern für lumpige zwanzig Dollar bestellt und mit Genuß verspeist habe, kaum jünger als ich.

Im unvermeidlichen Aquariumsshop treffe ich ein Kind wieder; eins von denen, die vorhin so sauer waren, weil sie die Fische nicht begrapschen durften.

Jetzt ist der Kleine leise, denn seine Mutter steht, ihn an der einen Hand und mit der anderen eine knopfäugige, himmelblaue Plüschmakrele haltend, in der Schlange zur Kasse. So weit ist es nun gekommen, denke ich, Fische mit Fell!

Draußen, vor dem Aquarium, verkauft ein Mann Souvenirs. Neben den mit den üblichen Boston-Motiven bedruckten T-Shirts hat er welche, auf denen mächtige, feuerrote, teuflisch grinsende Lobster nackte, rosafarbene Menschlein aus ihren Scheren in dampfumwölkte Kochtöpfe fallen lassen; weil immer noch Sintflut ist und mir schon wieder kalt, nehme ich eins in XXL, ziehe es über meinen Pullover, stelle mich, eine Zigarette rauchend, mit aufgeschlagenem Notizheft so demonstrativ wie möglich ganz nahe beim Haupteingang unter die Markise einer kaum frequentierten Eisbude. Tatsächlich kommt sogleich die erste Frau auf mich zu, leiht sich meinen Stift und malt mir, ernsthaft nickend, ihr Autogramm ins Heft; schon nähert sich eine weitere Frau, die mich aber erst fragt, ob ich für oder gegen Lobster sei. Ich behaupte, für Lobster, also gegen Gourmets zu demonstrieren.

Fünfzehn Minuten später sind meine Füße derart naß, daß ich am liebsten die Schuhe ausziehen würde, um nachzusehen, ob mir schon Schwimmhäute zwischen den Zehen wachsen; und Hunger habe ich, und einundzwanzig Unterschriften, und endlich auch eine Ahnung davon, wie die amerikanische Demokratie funktioniert.

Fröhlicher als vor drei Stunden hüpfe ich heim-
wärts, von Pfütze zu Pfütze, durch den genauso putz-
munteren Regen und halb Boston, bis zu meinem
Lieblings-Lokal in der Harbor Street, wo ich zu des
Kellners mißbilligender Verwunderung, die möglicherweise doch bloß meinem neuen T-Shirt gilt,
keinen Lobster bestelle, sondern das Dessert des
Tages, zwei Pfannkuchen mit Blaubeeren, aber die
doppelte Portion.

RED SOX UND KOSHER HOT DOGS

Ist es nicht schön, daß einen freudige Überraschungen
manchmal gerade dort erwarten, wo man sie zuletzt
vermutet hätte?! Meine bestimmt nicht unvoreinge-
nommene oder gar glückerprobte Person hatte ein solches Erlebnis erst kürzlich und an einem Ort, der ihr,
bis zu jenem Abend Ende April, nichts anderes gewesen war als eine weitere Quelle nervtötenden Lärms,
nämlich im zwanzig Meter links neben dem Kenmore
Square aufragenden Bostoner »Fenway Park«-Base-
ballstadion, genannt »Green Monster«.
Seit Mitte März, seit Beginn der Saison, strömen
dreimal pro Woche, und besonders sonntags, per
Subway, Bus, Bahn, Flugzeug ... Tausende, den hier
üblichen Studenten und Professoren so gar nicht
ähnelnde Menschen nach *Brookline*, zum Green

Monster, *der* Festung der in puncto Popularität USA-
weit höchstens noch von den Chicagoer *Red Bulls*
übertroffenen *Red Sox*. (Auch bloß ein frischgesamt-
deutscher Schwerenöter, wem zu dem Wort nicht
allein *American Baseball* einfällt!) Rappelvoll und
ausgebucht bis Oktober ist nun das dem Stadion
benachbarte »Buckminster«-Hotel, in dem auch ich
vergleichsweise billig manchen verregneten, lauten
Tag und all die verregneten, lauten, schlafarmen
Nächte meiner morgen endenden hiesigen Existenz
fristete. Wenn ich, meist vergeblich, nach Post fragte,
war mir das »Red-Sox-Tickets!-Ask-Us-For-More-
Information!«-Schild auf dem Tresen der Rezeption
stets ein Dorn im Auge. Doch schließlich beschloß
ich, klug zu sein, nachzugeben und einfach mal hin-
zugehen.

Am 30. April 1998 stopfte ich mir den Saum eines mit
vier *Gary-Larson*-Tierchen und dem Satz »*Know
Your Insects!*« verzierten T-Shirts in meine Jeans,
schmierte mir ein *Creamcheese-Bagel* und begab
mich, um eine Stunde verfrüht, zum *Match* der *Red
Sox* gegen die *Anaheim Angels*.

Wie sattgrün leuchtete das ungleichmäßige Paralle-
logramm des frisch geschorenen Rasens, wie schön
kontrastierten mit ihm die strahlenförmig aufwärts-
strebenden Reihen blanker krebsroter Klappstühle!
Mütter nahten, Kinder an den Händen, Väter, ihre
Frauen, Schwestern, Mütter im einen Arm, unter dem
anderen einen aufgeblasenen bunten Wasserball, ein-

zelne beleibte Männer, Grüppchen dicker Freunde, Frauen mit soviel Dekolleté und Selbstironie, wie ich sie in Boston bislang noch nicht einmal vermutet hatte. Ein echter Tenor schmetterte das New England- oder das Bostonlied, jedenfalls nicht die Nationalhymne, und alle, selbst die Schwerfälligsten, erhoben sich. Einige Ladys legten die Hand aufs Herz, mancher Mann sang mit, ein junger links von mir laut und falsch, ein alter rechts von mir leise und richtig. Dann kamen, soweit sie zu den Roten Socken gehörten, frenetisch begrüßt, die Baseballer aufs Feld gelaufen. Ich muß schon sagen, so hatte ich mir diese Athleten nicht vorgestellt; knubblige, ganz hübsch aus dem Leim gegangene, vielleicht sogar ein wenig bierwampige Kerlchen waren das, in sehr engen, Gesäß- und sonstige Formen prächtig zur Geltung bringenden weißen Hosen. Die *Basecaps* saßen ihnen konventionellerweise richtig herum auf den Schädeln, und zwischen Schuhschäften und Hosensäumen blitzte tatsächlich verwegen das Rot ihrer Socken. Die – wohl von vornherein ziemlich chancenlosen – *Anaheim Angels* sahen kaum anders aus, nur erinnerte deren blau-weiß-gestreifte Uniform eher an knapp sitzende Schlaf- oder Knastanzüge.

Vom eigentlichen Match begriff ich gar nichts, bloß, daß dieses Fangen mit dem Lederhandschuh eine wichtige Rolle spielte, und irgendwie auch das Werfen mit einem kleinen Ball, der die größte Freude auslöste, wenn er sich, was oft genug geschah, ins

Publikum verirrte. Weiter hinten auf dem Rasen standen, ziemlich untätig, noch ein paar Figuren herum. Baseball, so erzählte mir später ein Freund aus Maine, sei eben dieses schöne altmodische Spiel, bei dem es schon vorkommen könne, daß einer der peripherer placierten Akteure kurz mal umfalle, doch nicht aus Erschöpfung, sondern weil er eingeschlafen sei.

Ob es dem Publikum mit der Zeit allzu langweilig war oder ob man einander etwas beweisen wollte, jedenfalls kamen immer öfter die bunten Wasserbälle zum Einsatz, auch Äpfel, Bonbontüten, eiskalte Coladosen. Die Sachen wurden geworfen und gefangen, bis sie, von einem vielkehligen Stöhnen des Bedauerns begleitet, in den Gräben zwischen den Absperrungen verschwanden. Sicher, es gab sie, diese echten, gespannt und reglos wie Eichhörnchen auf Bergen leergefressener Erdnußschalen sitzenden Fans im Parkett des vorderen Ecks, die jede noch so poplige Manipulation ihrer Idole mit Jubel- oder Schmerzensschreien quittierten. Und doch kam ich, spätestens als ich das unter den Sitzplätzen versteckte innere Rondell des Stadions zu erstenmal aufsuchte, dahinter, daß dieses oder jedes andere Spiel in Wirklichkeit nur ein Vorwand war, sich hemmungslos den Bauch vollzuschlagen – mit lauter Sachen, die selbst ein eher plebejischer Amerikaner korrekterweise nicht mehr ißt, aber so heiß und innig liebt wie ansonsten wohl nur noch Baseball.

Denn dort, vor den Monitoren, bei den unzähligen Buden und Kiosken, traf ich beinahe mehr Leute als oben. Was da, mit Hilfe speziell in Form gepreßter Tablettpappen, an Light-Bieren, Fritten-, BBQ-Rib-, Cookie- und Softeiscremehaufen weggeschleppt oder in schummrigen Nischen gleich verputzt wurde, das war unglaublich, unanständig, hemmungslos, orgiastisch.

Ach, wenn ich dieser fabelhaften, fettig-frech aus einem Morast von Zwiebeln, Relish, Ketchupsenf rauslugenden kosher Hot Dogs gedenke, möchte ich nichts als sofort zum nächsten Red Sox-Match im Fenway Park – und hierbleiben, – bis ich eines Tages ohnehin nicht mehr weg kann, weil ich auch schon dreihundert Kilo wiege, also zwei Flugzeugsitze buchen müßte, die ich aber nicht bezahlen kann, denn ich brauche ja jeden Dollar für die 1999-Jahreskarte ...

VOM ORIGINAL

Was ist das eigentlich, das mich oder sonstwen oder
gar jedweden dazu bringt, zum Beispiel von weit her
zu einem Joe Cocker-Konzert anzureisen und spät
nachts, mit einem schlecht gezapften, teuren Bier in
der Hand, stundenlang zwischen Hunderten schwitzenden, Nebengeräusche verursachenden Menschen
auf einer Stelle zu verharren, von der aus wir kaum das
Kopfhaar der »lebenden Legende« sehen können?

Warum bleiben wir nicht zu Hause in der »ersten Reihe« sitzen und schieben, wann immer uns danach ist,
in den Schlitz unserer Programm-Anlage ein Video,
von dem herab uns Joe Cocker, während wir seine
Musik in bester Studio-Tonqualität genießen, scheinbar direkt ins Auge schaut?

Welche Kraft zieht uns in Ausstellungen, wo – an toten
Wänden, in unbehausten Räumen – Gemälde hängen
und in deren Zentren oder Ecken statt der Möbel Plastiken stehen, und um sie herum nicht Bewohner
noch Besitzer, sondern bloß Besucher, wie wir selbst
welche sind?

Weshalb begnügen wir uns nicht mit dem bestmögli-
chen Ersatz in Form eines Bilderbuches vom führenden Kunstdruckverlag, der uns gestattet, unbezahlba-
re oder unverkäufliche oder im Original bereits nicht
mehr existierende Kunstwerke immer bei uns zu haben? Denn eines ist schon mal klar: Mögen die origi-
nären Objekte, die Subjekte ohnehin, am Anfang des

neuen Jahrtausends auch fast so bedroht sein, wie das eben in der »Natur« organischer Substanzen liegt, mögen Schichten von Taubenmist, in Tateinheit mit Güssen sauren Regens und Autoabgasen, alten wie neueren Steinfiguren die Gesichter zerfressen, mögen Maler oder deren Gäste in ihren Ateliers mit glimmenden Zigaretten eingeschlafen sein, mögen rechte oder andere »Haßtypen« in die unter den Ateliers gelegenen türkischen, polnischen oder finnischen Gemüseläden – oder auch gleich in die Ateliers selber – einige »Mollis« geworfen haben, mögen Bomben in Museen detonieren, in Dubrovnik, Jericho oder Beirut, wenigstens haben ein paar Leute die Streifen in ihren Taschen oder besser in Bunkersafes, auf denen die Dinge so aussehen, wie sie wohl waren, in dem Moment, da sie fotografiert oder gefilmt wurden. Und wie viele Kopien von Kopien kann man kopieren, für jeden, der welche will, und für den verbleibenden Rest der ganzen Ewigkeit, und wenn, demnächst oder wann, auch der verbraucht sein sollte, so wäre selbst das noch immer nicht das Ende von allem. Nicht der Pergamonaltar geistert seit Jahrzehnten schwerelos durchs Weltall, wohl aber der Mikrofilm, auf dem er abgelichtet ist.

Aus welchen Gründen geht jemand nicht nur öfter ins Kino, sondern gelegentlich auch ins Theater, selbst wenn er das Stück bereits kennt oder sogar die gleiche Aufführung schon zweimal gesehen hat?

Auf Fragen wie diese brachte mich vor einiger Zeit ein zunächst ganz unscheinbar wirkender Mensch, der mir

in einer Moabiter Eckkneipe von der wirklich »rustika-
len« Sorte ein paar Biere spendierte oder richtiger:
spendieren wollte; denn als es ans Zahlen ging, hatte
er plötzlich kein Geld bei sich und entschuldigte seine
mangelhafte Liquidität damit, daß er eigentlich ein anderes Laster habe, nämlich *Vorstellungen*. Ich wich
einen Schritt zurück, weil ich meinte, er spräche von
Halluzinationen oder derartigem. Es dauerte noch
zwei, drei Biere auf meine Kosten, dann hatte ich den
Menschen soweit: Er legte sechs verschiedenfarbige,
schmale, eingerissene Karten zwischen unsere Gläser,
und ich begriff, daß er *Theater*-Vorstellungen meinte.
Nach zwei weiteren Bieren – mit »Kompott« – erzählte
er mir leise, stockend, die folgende Geschichte:
»Weißt du, wenn ich da so sitze, auf dem Rang meistens, aber manchmal auch im Parkett, und ich sehe
dort unten oder oben, je nachdem, wo gerade mein
Platz ist, diese kostümierten Männer und Frauen Stük-
ke spielen und Gestalten *verkörpern*, im wahrsten
Sinn des Wortes, Helden und Heldinnen, Feinde der
Freunde und Freunde der Feinde, und oft hat mindestens einer der Darsteller am Schluß zu zeigen, wie der
stirbt, den er spielt, dann kommt der Moment, in dem
ich nicht zur Bühne blicke, sondern mich um. Und
dann sehe ich das viele Publikum, und ich denke, wie
mutig oder wie beschäftigt mit ihrer Kunst sind doch
diese Mimen! Wollen sie, die das Schlimme, die Lei-
denschaft, den Fanatismus, die Verzweiflung, den
Wahnsinn und all so was in ihre Rollen reinwickeln

oder aus ihren Rollen rausholen, wirklich für jeden von uns Zuschauern jeden Abend die Hand ins Feuer legen? Bevor du eine Gerichtsverhandlung oder, seit der Explosion im »La Belle«, wo ich ja weiland dabei war, auch bloß ein Fußballmatch besuchen darfst, mußt du vor einem Wachpersonal deine Taschen leeren; nicht so, wenn du ins Theater willst. – Und dann packt mich, wie eine Zwangsvorstellung, mitten in der Vorstellung *die* Vorstellung: jemand könnte jetzt gleich einen Colt zücken und den Darsteller des fanatischen Attentäters oder den des fiesen Intriganten oder den des selbstlosen Retters der Jungfrau erschießen. Und deshalb, bitte versteh mich jetzt nicht falsch, muß ich immer wieder ins Theater. Nicht, weil ich mir wünsche, daß einer von der Bühne geballert wird, auch nicht, weil ich ein Trauma habe und bei so was Blutigem noch einmal dabeisein möchte. Aber wenn einer – nehmen wir mal an, ich wär's – auf einen Schauspieler in meinem Fernseher oder auf einer Kinoleinwand schösse, dann wäre *ich* doch der einzige, dem überhaupt etwas passieren *könnte*, und höchstens flögen mir die Splitter des Bildschirms um die Ohren, oder panisch flüchtendes Kinopublikum trampelte mich im Dunkeln nieder, lange bevor die Polizei käme«.

Ich verzieh mir, daß ich dem Menschen nach diesem Monolog kein weiteres Getränk mehr ausgeben mochte. Und doch steckte in dem, was er erzählte, etwas, das ich gut kenne, wenngleich meine – bei Begegnungen mit originaler Kunst, selbst solcher, die vielleicht keine ist, – animierte Vitalität kaum einmal in Aggression umschlägt oder gar Tötungsphantasien provoziert. Aber diese seltsame Erregung, die nur Originales auslöst, die suche ich auch; fast bin ich so an sie gewöhnt, daß ich sie brauche. Und da kein Surrogat, keine Konserve, keine noch so gute Kopie oder Imitation sie in der ersehnten Weise auslösen kann, finde ich sie nur – oder nur noch – im direkten Kontakt mit Kunst.

All die Musikkassetten, Theatervideos, Museumskataloge von jedweder Qualität sind lediglich das, was sie eben sind, ein Tonband, ein Film, ein Bilderbuch, und sie wecken bloß immer das heiße Verlangen nach dem wirklichen Gemälde, der berührbaren Plastik, der authentischen Musik, dem mit allen Sinnen wahrnehmbaren, physisch anwesenden Schauspieler in einer niemals klonggleich sich wiederholenden Aufführung, die ohne mein leibhaftiges Dabeisein für *mich* nicht stattfände.

Wenn ich doch einmal zu lange oder zu ausschließlich mit nichts als Wiedergaben und Abbildungen auskommen mußte, entwickelt sich in mir so etwas wie Mißtrauen oder Argwohn, jedenfalls etwas, was mich veranlaßt, nachzusehen, ja zu kontrollieren, ob die Originale, denen die Ersatz- und Vervielfältigungsindustrie ihr parasitär-nützliches Dasein verdankt, in der Realität überhaupt noch existieren. Dann gehe ich in ein Konzert, ein Theater, eine Galerie und verschaffe mir meine Euphorie, die ganz sicher daher rührt, daß originale Kunst, und solche *nur*, das Wirkliche, eben nicht Mittelbare, das Soziale ist. Etwas, das anders, aber kaum weniger lebend ist als Sie oder ich, und gerade deshalb blöderweise genauso gefährdet, verletzbar, sterblich. Auch Sänger und Schauspieler können ermordet werden; das geschah schon. Gemälde wurden aufgeschlitzt. Mit den Städten fielen auch die Skulpturen in Schutt.

Ich hatte diesen Text beiseite und mich schlafen gelegt, doch bald erwachte ich aus einem Traum:

Eugen, der Sohn eines wohlhabenden Schweizer Verlegers von Kunstbüchern, möchte unbedingt Malerei studieren, nur ist er leider nicht begabt. Weil aber sein Vater die Immatrikulationskommission einer ehrwürdigen *art*-Akademie besticht, wird er trotzdem angenommen. Seine Kommilitonen bemerken schnell, daß Eugen keinen Funken Talent besitzt, und verspotten ihn aufs bösartigste; es hat sich wohl auch herumgesprochen, wie er an die Akademie kam und daß er der Sohn eines reichen Knackers ist. Eugen, nicht schön anzusehen, nicht an die Härten des Lebens gewöhnt und tief in seinem Herzen schon wissend, daß er niemals lernen kann, ein großer Künstler zu sein, es aber auch nicht ertrüge, als gepuschter Hochstapler zu scheitern, selbst gegen Papas Hilfe, gibt auf, verläßt, obendrein noch gebeutelt vom Schmerz unerwiderter Liebe zu einer begnadeten Meisterschülerin, die Akademie. Er gönnt sich lange Ferien in Italien, studiert dann Kunstgeschichte und arbeitet alsbald im Verlag seines Vaters. Doch der Stachel der Kränkung und der Kummer, nicht Maler geworden zu sein, sitzen tief, so tief, daß er eines Tages all seine alten, nie mehr angerührten Skizzen und Bilder hervorkramt, in den Keller der väterlichen Villa trägt, ein Blatt nach dem anderen, eine Leinwand um die nächste mit Benzin übergießt, zuschaut, wie alles verbrennt. Ein halbes Jahr später stirbt der Vater, und Eugen erbt den Verlag. Noch ein Jahr drauf heiratet Eugen die Tochter des Moguls eines mächtigen deutschen Medienkonzerns, dem ganz nebenbei mehrere Kunstbuchverlage gehören. Und Eugen beginnt, in Galerien und auf Auktionen Bilder zu kaufen, zunächst die Bilder begehrter zeitgenössischer Maler. So erwirbt er bei einer günstigen Gelegenheit gleich einundvierzig Gemälde jener mittlerweile arrivierten Lady, die ihn damals abgewiesen hatte, tränkt sie in seinem Keller mit Benzin und sieht sie abfackeln, was ihm diesmal, anders als beim Untergang der eigenen Schöpfungen, keine Katharsis ist, sondern bislang nie gefühlte Lust bereitet. Doch bevor Eugen die Bilder verbrennt, läßt er sie, gegen ein fettes Entgelt, vom professionellsten der auf so etwas spezialisierten Fotografen ablichten. Seit diesem Tag vergeht kaum einer, an dem der unermeßlich reiche, über die vielfältigsten Kontakte verfügende Eugen keine Bilder kauft, erst die der besten lebenden Maler, dann die der besten gestorbenen und schließlich die der weltbekannten lange schon toten. All diese Bilder werden fotografiert, und anschließend verbrennt Eugen sie. Wer die Bilder sehen will, dem bleibt nichts anderes übrig, als das jeweilige, bei Eugen verlegte Buch mit den Abbildungen der nun nicht mehr existierenden Kunstwerke zu kaufen. Es versteht sich von selbst, daß Eugen bald auch Plastiken erwirbt, nicht nur solche, die aus (Feuer-)Holz sind; Metall sieht er ebenso gerne schmelzen, und die Steine zerschlagen ihm zwei Ex-Boxer. Eugen gibt eine Menge Geld aus – und er verdient eine Menge. Ein Maler, ein ehemaliger Kommilitone von Eugen, der nicht gerade den großen kommerziellen Erfolg hat, aber möglicherweise gerade deshalb klug die Zusammenhänge ahnt, versucht, Eugen zu erschießen. Er wird erschossen von Eugens Leibwächtern.

An dieser Stelle des Traums, der vor meinen Augen abgelaufen war wie ein grauenhafter Comicfilm, wachte ich auf. Ich dachte daran, daß ich Schriftsetzerin gelernt hatte und Schriftstellerin geworden war und oft genug nur halb im Scherz Gutenberg verfluchte, der uns Schriftsteller zu den demokratischsten, aber auch billigsten aller Künstler machte. Und ich fragte mich, ob mein fieser Traum vielleicht der heimliche Wunsch einer neidischen, nach ausgleichender Ungerechtigkeit verlangenden Schriftstellerin war oder bloß die Angst eines auf originale Kunst fixierten Menschen vor einer solchen, zu der Zeit, da sein Leben »spielt«, immerhin träumbaren, also nicht unmöglichen, Eskalation.

ERINNERUNG AN EIN UNBEENDET HERUMLIEGENDES STÜCK

Damals war's, vor vielen Jahren, im alten Berlin, jenem, das Hauptstadt der DDR hieß, was Deutsche Demokratische Republik bedeutete und – gar nicht so scherzhaft – auch »Der Doofe Rest« (ja, ich halte es für sinnvoll, diese Abkürzung zu dechiffrieren, denn es gibt schon jetzt Leute, selbst alphabetisierte, denen die drei Versalien allein nichts mehr sagen), da fiel mir ein Buch in die Hände, ein großformatiges, bilderreiches Westbuch von einem DuMont Verlag aus Köln, das trug den Titel: SHOW FREAKS & MONSTER: Ein Freund, ein junger Bildhauer namens Anatol E., dessen eineiiger Zwillingsbruder kurz nach seiner und der Geburt Anatols gestorben war, hatte mir dieses Buch, das ich später weder in einem Antiquariat noch sonstwo mehr finden konnte, geliehen. Nie zuvor, und seither niemals wieder, hat ein Buch mich derart erstaunt, so leidenschaftlich meine Phantasie auf- und mich zum Schreiben gebracht, zum Schreiben bis heute nicht ausgeführter Skizzen und eines unbeendeten Textes in etlichen Varianten, also zu nicht weniger und kaum mehr als drei fetten Klemmmappen mit der Ober-Über-Auf-Schrift »gesammelte Anfänge I – III«.

»SHOW FREAKS & MONSTER« handelt von Menschen, die 1970, in dem Jahr, da ich das Buch las, nicht allein in dem kleinen Drei-Buchstaben-Land kaum

noch zu finden waren, jedenfalls nicht als Professio-
nelle, nicht als Artisten; und doch war ich wenigstens einem, wenngleich bloß einem, den der Verfas-
ser des Buches, ein gewisser Hans Schleugel, wohl
den »künstlichen Freaks« hätte zuordnen wollen,
bereits begegnet; früh in meinem Leben und anläßlich eines Weihnachtsmarktes, in einem ambulanten
Unternehmen, das sich, wenn ich mich richtig erinnere, *Cumberland-Show* nannte.

Ich war etwa zehn Jahre alt und liebte den Weihnachtsmarkt nicht mehr sehr. Für die vielen Karussells am Fuße des Sportpalastes, den die Nazis ge-
baut und die Bomben verschont hatten, war ich zu
groß, für Schießbuden und Auto-Scooter zu klein;
Geisterbahn war auch erst ab zwölf. Aber das beste
war ja ohnehin die *Cumberland-Show*. Ich gab all
mein Taschengeld – und das meiner Oma geklaute –
für die Vorstellungen aus. Ein Jongleur trat auf, zwei
Magier, die ein Mädchen zum Schweben brachten,
ein Affe am Harmonium und ein kleiner, zu unglaubli-
chen Knotenfiguren fähiger »Schlangenmensch«. Ich
kann das beurteilen, konnte es damals schon, weil ich
mir bereits im Vorschulalter mit Darbietungen wie
»ausgekugelter Arm«, »Männergrätsche« oder »Kopffüßler« auf dem Spielplatz so manches Moskauer Sah-
neeis verdient hatte, denn ich bin, wie man so sagt,
naturweich. Medizinisch halbwegs korrekt bedeutet
dies, daß ich »Schlottergelenke« habe, »kombiniert
mit einer gewissen angeborenen Bindegewebsschwä-

che«. Aber gemessen an dem zarten, gar nicht mehr jungen Schlangenmenschen war und bin ich wie ein Stück Holz. Ich bewunderte diesen Artisten grenzenlos, versuchte nachts im Bett stundenlang, ihm nachzueifern, freilich ohne sensationellen Erfolg.

Eines Abends, am Ende einer Vorstellung, grub ich mich, da ich das Eintrittsgeld für die letzte des Tages nicht mehr hatte, in das Sägemehl unter den Zuschauerbänken. Dort wollte ich die halbe Stunde bis zum nächsten Einlaß abwarten, um dann, wenn alle Platz genommen hätten und es dunkel geworden wäre, getarnt von sitzenden Hintern zur Seite zu robben und mich unauffällig an die Zeltwand zu stellen. Ich lag also halb verbuddelt im Schatten der Bänke, atmete flach, starrte rüber zur verwaisten Bühne. Da kam das »Schwebende Mädchen«, warf ein Plüschkissen auf den Sessel des einen Zauberers, wendete ihren Kopf, rief herrisch: »Tino«. Und aus den von der Decke hängenden Stoffbahnen hervor trat der Schlangenmensch, allerdings nicht in dem mir vertrauten giftgrünen, wirklich reptilienhautartig seinen Körper umschließenden und, wie ich nun ahnte, an manchen Stellen gepolsterten Kostüm, sondern in nichts als einer schlabbrigen blauen Turnhose. Ich sah, daß der Schlangenmensch nicht richtig gehen konnte, sich, da er sich lediglich in Gesellschaft seiner schwebenden Kollegin wähnte, auch nicht bemühte, dies zu kaschieren, und daß seine krummen, käsigen Beine zusätzlich entstellt waren von je einer tiefen braunen Narbe unterhalb der Knie. Seine gleichfalls narbigen Arme schienen falsch am Rumpf zu hängen, so, daß die Handflächen nach außen wiesen. Ich sah, daß der Schlangenmensch ein Krüppel war. Ich weiß nicht, wie er mich entdecken konnte; jedenfalls riß er seine seltsamen Arme hoch, humpelte quasimodoflink zu mir hin, ergriff mich, noch ehe ich auf meine normal aussehenden, schlottergelenkigen Füße gekommen war, zerrte mich wortlos vor die Tür, gab mir zum Abschied einen Tritt in den Hintern.

Ich habe die *Cumberland-Show* nie wieder erlebt, und ab dem folgenden Jahr gab es sie auch nicht mehr auf dem Ostberliner Weihnachtsmarkt. Erst lange Zeit später erklärte mir Tornado-Heinz, ein Bodenakrobat, mit dem ich gerne viele Biere trank, es sei früher bei armen Wanderartistenfamilien nicht unüblich gewesen, schwächlichen, für ordentliche Kunststücke kaum begabten Kindern die Knochen so zu brechen und neu zu richten, daß sie, nun absurder Verrenkungen ohne weiteres fähig, wenigstens für diese Schlangen- oder Gumminummern brauchbar waren.

In Anatols Buch, das zweifellos die Erinnerung an Tino, den Schlangenmenschen, und an meine Cumberland-Show-Sucht geweckt hatte, gibt es allerdings Fotografien noch ganz anderer Artgenossinnen und -genossen. So die der Haarmenschen, wie Lionel einer war, der jugendliche Löwenmensch, der, vom Scheitel bis zu den zarten, nackten Zehen, mit einem dichten, hell und weich aussehenden Fell bewachsen, in Diva-Pose auf einer Ottomane ruhte und aus großen, weiten Augen ins Leere zu starren schien. Ob dieses Foto eine besonders raffinierte Inszenierung war oder nicht, Lionels Fell kam mir echt vor und weckte in mir das gleiche Bedürfnis wie etwa das einer Katze; ich verspürte Lust, ihn zu streicheln, was sonst. Es gab in dem Buch auch Bartfrauen, tief dekolletierte Damen mit dichten schwarzen Vollbärten, an denen das Publikum, wie der Begleittext behauptete, um sich von deren Echtheit zu überzeugen, zupfen durfte, soviel es wollte. Ebenfalls sehr anziehend fand ich die engelhaften Albinos und zwei ebenso sanft wie abweisend blickende Riesen, von denen in dem Buch geschrieben stand, daß »tragischerweise« keiner der beiden älter geworden sei als dreißig. Noch ganz genau vor Augen habe ich das Bild eines Rumpfmenschen, der sich »Nicodemos, der Unbeschreibliche« nannte und auf dessen arm- und beinlosem Körper ein großer afrikanischer Kopf saß, mit einem Gesicht von tatsächlich unbeschreiblicher Schönheit. Aber mehr noch als all diese, und die Zwerge, die Kolosse, die Haut- und Elefantenmenschen, die Knochenmenschen, die Vogelmenschen, bewegten meine erotische und soziale Phantasie die Doppelmenschen, die meist gleich großen und einander, wie alle eineiigen Zwillinge, fast identisch ähnlich sehenden, jedoch zusammengewachsen geborenen siamesischen Zwillinge, die Sternophagen (am Brustteil verbunden), die Ischiophagen (an der Hüfte verbunden), die Gastrophagen (gespaltene Wirbelsäule und gemeinsames Becken). Den stärksten Eindruck machten mir jedoch zweifellos die Darstellungen der ungewöhnlichsten und seltensten unter den ohnehin horrenden Zwillingsmißbildungen, jene von parasitären Zwillingen, wie der 1617 in Genua zur Welt gekommene Lazaro Colloredo einer war. Colloredo, den seine Eltern bereits als Kind auf Tournee schickten, gehörte zu den ganz wenigen parasitären Zwillingen, deren fragmentarische Geschwister nicht »nur« als gräßliche, undefinierbare Auswüchse oder überzählige, meist verkümmerte Gliedmaßen in Erscheinung traten, sondern derart entwickelt waren, daß sie Oberkörper und Arme und zudem noch einen eigenen Kopf besaßen. Colloredo, so hatten Schausteller, die ihn gut kannten, berichtet, habe oft leise geredet mit dem Kopf seines Bruders, der, aus Colloredos Bauch gewachsen und von diesem beim Gehen umschlungen oder an den Händen gehalten, sich zwar bewegen, jedoch nicht selbst sprechen konnte und anscheinend auch keinen Verstand hatte. Colloredo habe seinen fragmentarischen Bruder gefüttert, gewaschen und gekämmt, »wie eine Mutter ihr Baby«. Ob aus Zuneigung oder Eigenliebe, auf jeden Fall war Colloredo wohl sehr besorgt um den »Namenlosen aus seinem Leib«, denn »wenn dieser einen Schmerz verspürte, so fühlte Colloredo nichts anderes«. Als Colloredo, samt seinem parasitären Zwillingsbruder, einer Epidemie zum Opfer gefallen war, bewegte die Gemüter, ob es sich nun um einen oder zwei Menschen gehandelt habe. Ein Flugblatt über den Tod einer weiblichen Doppelmenschengestalt von der gleichen Art endete, laut dem Buch, denn auch mit dem Satz: »Man sagt mit Gnade der Gelehrten, daß zwei Seelen dagewesen.« Um 1490 soll in Schottland ein Wesen männlichen Geschlechts mit zwei Köpfen, zwei Oberkörpern, vier Armen, jedoch nur einem Unterleib und zwei Beinen gelebt haben, das Peter-Paul hieß. Der schottische König habe Peter-Paul weder »er« noch »sie« genannt, sondern immer nur »das Wesen« und erziehen lassen, bis es, achtundzwanzigjährig, starb. Und es heißt, daß der König es für seinen schönen zweistimmigen Gesang bewundert habe, aber auch, daß er die beiden Köpfe oft habe miteinander streiten hören.

Von dem Zweimenschwesen Peter-Paul, verewigt in der Abbildung 205, einem Holzschnitt, auf dem es, vermutlich nach der Mode der Zeit, musketierartig gekleidet ist, begann ich zu träumen und hörte lange nicht wieder auf damit. Immerzu, erst recht, als ich Anatol »Freaks & Monster« hatte zurückgeben müssen, führte ich Peter-Paul an den Strippen meiner hysterischen Einbildungskraft mit mir herum wie eine Marionette, bis es mir ganz gehörte und gehorchte, und in meiner Vorstellung zu etwas wurde, das ich »Stamm und Ast« nannte. Schließlich, auf der Höhe dieser in einen kreativen Anfall übergehenden

Identitätskrise, schwänzte ich für drei Tage meine Arbeit als Psychiatrie-Hilfsschwester und entwarf wie im Fieber mein erstes Theaterstück. Stamm und Ast wurden, trotz gewisser Parallelen, nicht die Wiedergänger Peter-Pauls, nicht ein Wesen mit zwei Köpfen, sondern Personen ganz unterschiedlichen Charakters, »zwei Seelen« eben, und ich ließ sie nicht bei einem König leben, sondern dort, wo sie, hätten sie zu der Zeit, da ich an dem Stück schrieb, wirklich existiert, sehr wahrscheinlich auch »gelandet« wären, hinter den Mauern einer Anstalt. Freak-Shows, in denen so besondere oder zumindest besonders aussehende Menschen ihren Unterhalt, oft auch noch den ihrer Familien, verdient hatten, waren »aus humanistischen Gründen« überall auf der Welt längst abgeschafft, und da solche Menschen, wie es die Statistiken behaupteten, auch weiterhin – wohl selten, aber dennoch – geboren wurden, hielt man sie sicher versteckt in dunklen Zimmern oder speziellen Häusern. Oder warum sonst bekam man die »Freaks« nirgends mehr zu sehen? Und so »pflanzte« ich Stamm und Ast an einen Ort, den ich gut kannte, weil ich dort meinen Unterhalt verdiente, nämlich auf die Station VI des Fachkrankenhauses für Neurologie und Psychiatrie in Berlin-Herzberge. Diese alte Institution aus sechs von einem Park und selbstverständlich einer Mauer umgebenen roten Backsteinhäusern führte im Sims ihres Hauptgebäudes den zynischsten Spruch, den ich je gelesen habe: »Dem Geisteslicht zum Schutze, Gemeinem Wohl zu Nutze.«

Und hier veröffentliche ich nun, gewiß zum ersten und letzten Mal, völlig unverändert drei Blätter aus Klemmappe II.

Exposé zu dem Theaterstück »STAMM UND AST«

Stamm und Ast sind ein parasitäres Zwillingsbrüderpaar. Aus der Spezifik ihres physiologischen – und daher auch psychischen (oft ein Problem eineiiger Zwillinge, selbst getrennt geborener) – Verstricktseins miteinander ergibt sich, daß ich sie so nenne, als Titelfiguren. Der »Ganze«, »normal« Geratene, das ist Stamm; zwischen den Rippenbögen ist ihm – wie an so einem ein solcher – Ast gewachsen, der »kleine« Bruder, ein »halber« Mensch. Stamm und Ast sind dem Doppelwesen Peter-Paul »nachempfunden«, doch sie leben heute, bis sie »ertrinken«, in ein mit blauem Tuch bedecktes Loch poltern, verschwinden zwischen den Dielen des Bühnenbodens. Und so endet das Stück; es hört auf, bricht ab, Stamm und Ast fallen ins »Uferlose«, aber nicht mehr ihre nächsten oder letzten Worte.
Stamm und Ast sind jung, kaum 20; sie hausen in der Nervenklinik einer größeren deutschen Stadt. Stamm ist der »Gewöhnlichere« von beiden, ein Opportunist. Sterblich in die blöde, blondierte Stationsschwester

verliebt, möchte er Arzt werden, Chirurg; so einer, wie es bislang noch keinen gibt, einer, der später mal alle siamesischen Zwillinge trennen und von denen mit einem unfertigen Bruder am Körper den »Parasiten« abschneiden kann, wobei der jeweilige Parasit dann ruhig krepieren darf; das müsse man in Kauf nehmen. Gynäkologe würde er auch gerne, traut er sich aber nicht. Stamm will seinen Bruder Ast dazu bringen, daß er, eng an Stamm gepreßt, ihn umarmend, mit eingezogenem Kopf, und so oft als möglich wortlos, eben ganz »dezent« unter einer saloppen Trainingsjacke mit Reißverschluß verborgen (»sollen sie denken, ich hätte ein Bierbäuchlein«), wie ichlos sich leben läßt, von ihm, dem »großen« Bruder, der schließlich die Privilegien hat: Verdauungstrakt, Geschlechtsorgan, Beine. Stamm spricht im Stück einfachste Alltagsprosa; präzise, sachlich, knapp, Subjekt und Prädikat. Doch Stamm macht seine Lebensrechnung, stur, unbelehrbar, souveränitätsfixiert, wie er nun mal ist und bleiben will, immer wieder (als sei er) ohne Ast.

Ast aber ist – ganz im Gegensatz zu Stamm – ein Oppositioneller reinsten Wassers. Selbst geschlechtslos, ohne Darm und Beine, läßt er keine Gelegenheit aus, sich, im wahrsten Sinne des Wortes, zu be-haupten, gänzlich gegen des Bruders Interessen. Während Stamm, seinen Ast verbergend, sie beide, und eigentlich nur sich, den anderen anzugleichen sucht, will Ast sich und den Bruder den anderen zeigen, ja, ausstellen sollen sie sich seiner Meinung nach, in die Welt hinaus und auf Tournee gehen, mit ihrem Sosein viel Geld verdienen; am liebsten unter weiteren »Unüblichen« in einer Freak-Show, besser noch einem Freak-Theater. Stücke will Ast der Truppe dichten, ein solches Theater machen, daß die – dagegen sowieso konservativen – Normalo-Theater total abstinken. Ast singt nicht falsch wie Stamm, sondern mit einer wunderbaren Tenorstimme, und wenn er spricht, dann nichts als Poesie allererster Sahne, in verschiedenen Formen, in Blankversen, Jamben, Stabreimen, freien Rhythmen ... Was er sagt, ist Kunst, hat Ironie, Klugheit, Spiritualität, Melancholie.

Doch Stamm, sexuell engagiert und ehrgeizig anpasserisch, besessen einzig von dem Wunsch, zu sein wie ein gewöhnlicher Mann, nur erfolgreicher, haßt Ast, den er sich um jeden Preis wegamputieren ließe, bloß nicht um den, daß auch er, Stamm, dabei mitstürbe. Ast, Schwärmer, Träumer, Dichter, Sänger und leidenschaftlicher Exhibitionist, hat hingegen nur dies im Sinn: weg von hier, Freiheit, raus in die Welt, rauf auf die Bretter, die sie bedeuten sollen, und berühmt werden. Sein Leben, das einzige ihm lebenswert erscheinende, die Show.

Kurz, Stamm und Ast sind so verschieden, wie es Menschen nur sein können, sie sind Kehr- und Rückseite des Prinzips Mensch, und sie finden keinen noch so kleinen Kompromiß. Stamm darf seine Krankenschwester nicht lieben, Ast läßt ihn nicht, macht sich lustig, beißt. Stamm muß fürchten, als Arzt, wenn er denn jemals einer würde, nicht ernstgenommen zu werden, und er müßte Ast fesseln und knebeln im »Dienst«. Ast wiederum kann seine Shows nur im Hörsaal abziehen, als Fall-Beispiel unterm Zeigestock vom Professor. Und die Medizinstudenten, Stamms Kommilitonen, zahlen weder Eintritt, noch haben sie Interesse an Asts Versen, ja nicht einmal ein ehrlich pathologisches an den parasitären Zwillingen Stamm und Ast.

Beim Angeln, an einem das Klinikgelände querenden Flüßchen, kommt es zum Ende des unauflöslichen Konflikts. Zieht ein alter, großer Wels sie mit sich fort? Hat Ast Stamm zu Fall gebracht? Ist Stamm ausgeglitten? Verfing sich Stamms Haken an einem dahintreibenden Ast? Wie auch immer, sie stürzen ins Wasser und müssen ertrinken, weil sie, selbst in der Gefahr, ihre Bewegungen nicht koordinieren wollen. Stamm und Ast gehen unter, bis zum letzten Atemzug einander widersprechend, mitten im Satz; Wort und Gegenwort werden unverständlich, gehen über in Sprudeln, Gurgeln, Glucksen. Dann Stille – und Bühne leer.

Von unterschiedlich weit gediehenen einzelnen Akten dieses Stückes schrieb ich immer mal wieder die einen oder anderen Fassungen. Die größte Schwierigkeit dabei bereitete mir Ast. Ein so genialer Dichter wie der, als den ich mir Ast vorstellte, war ich nicht. Ich scheiterte an Asts Versen – und auch an

dem peinlichen, mich beim Schreiben immer irgendwann beschleichenden mitleidigen Verständnis
für den verliebten Anpasser Stamm.

Am 10. November 1989 saß ich in der Nähe von Frank-
furt am Main in einem kleinen Haus. Tag und halbe
Nacht hatte ich wieder einmal an »Stamm und Ast«
gearbeitet und war dabei der Lösung meines Haupt-
problems, der Sache mit den Ast-Versen, durch eine
Art Kapitulation ziemlich nahegekommen. Ich hatte
Ast für den dritten Akt einen schönen rhythmischen,
wenngleich gänzlich reimlosen Monolog gebastelt
und ging halbwegs froh zu Bett; das Radio ließ ich –
wie immer – eingeschaltet.
Als ich erwacht war und die Spitzenmeldung der
Nachrichten gehört hatte, wußte ich, daß ich mich um
Stamm und Ast in den nächsten Jahren nicht mehr
würde kümmern müssen, daß meine zwei schwarzen
Clowns, egal, welche Sätze ich ihnen erfunden hatte
oder noch erfinden wollte, buchstäblich über Nacht zu
etwas mutiert waren, das die Menschen, ab jetzt und
auf lange Zeit hin, doch nur als reziproke Metapher
verstehen würden, als eine penetrant demonstrative
Metapher für und gegen die beiden von nun an nicht
mehr getrennten, bald irgendwie zusammenwach-
senden und dereinst sicher wieder eins werdenden
Deutschlands oder Deutschländer.
Möglicherweise wird das Jahr kommen und der Tag,
da wenigstens ich »Stamm und Ast« nicht mehr so

von der Deutschland-Metapher dominiert, sondern nochmals anders sehen oder trotzdem fertig schreiben kann. Und wenn nicht, dann ist der Stoff mit diesem Text hier auch irgendwie erledigt.

ZUGFAHREN

In der Ecke mir diagonal gegenüber, vom schmutzig-grünen, brandfleckigen Fenstervorhang halb verborgen, saß ein junger, schon fast penetrant kultiviert wirkender Franzose und flüsterte mit seinem Handy. Die dichten Wimpern an seinen niedergeschlagenen Lidern warfen lange Schatten auf sein schmales, glattrasiertes Gesicht. Die Sonne schien, und es schneite. Unser Intercityzug nach Berlin hatte die desolaten Leipziger Industrie-Vororte hinter sich gelassen; gerade war er mit leicht verlangsamtem Tempo durch die »Luther-Stadt Wittenberg« gefahren, als er jäh aus seinem lässig klickernden Takt und ins Bremsen kam und meine angespannt gegen das Sitzpolster gepreßten Pobacken spürten, wie etwas den langen, schweren Zug für einen Moment von den Schienen hob. Meine Sprache kann dieses unsägliche, unbeschreibliche Etwas nur mit dürren Wörtern einen ziemlich großen, gewölbten und gegliederten, elastisch-festen, unterschiedlich nachgiebigen Widerstand nennen, aber irgendwelche außerordentlich merkfähigen Nervenzellen in meinem Hintern, meinem Steißbein, meinem Rückgrat werden mich wohl mein Leben lang präzise daran erinnern, wie es mir »durch und durch ging«, dieses Über-ein-Etwas-hinweggerollt-Werden – von einer Lok, einem ersten, einem zweiten, einem dritten Waggon. Die Räder des vierten Waggons, wie nun alle an unserem Zug, blieben stehen, ehe sie das Etwas erfassen konnten.

Der Franzose, der in Fahrtrichtung saß, hatte aufgehört zu flüstern. Mit beiden Händen umklammerte er das Telefon, drückte es wie ein Lieblingsspielzeug gegen seine von feiner hellblauer Baumwolle verhüllte Brust und starrte durch das verschlossene Fenster. Ich folgte seinem Blick und dann, mit meinem, einem rosa marmorierten Bröckchen aus einer mir nicht bekannt vorkommenden Substanz, das schnekkenlangsam, eine trübe Schliere hinterlassend, die Scheibe hinabglitt. Ich erhob mich, lehnte meine Stirn an das Glas, wollte sehen, was es überhaupt zu sehen gab: Volles, kurzes, graumeliertes Haar, ein wenig Stirn, ein Ohr an einem Männerkopf, dessen Gesicht der dicke, angewinkelte Ärmel einer blauen Wattejacke barg, und aus dem Ärmelloch heraus lugte eine am Gelenk von einer Armbanduhr umfangene, wie erfroren blaurote Hand mit grotesk verkrümmten Fingern. In mir regte sich jetzt keine andere als die pflegerische Hilfskraft, die ich mal war: Puls fühlen, stabile Seitenlage, Schock bekämpfen. Ich stürzte den Gang lang zur Waggontür, drückte die Klinke – und hielt mich im nächsten Moment an ihr fest. Der Oberkörper des Mannes war schräg abgequetscht, abgekniffen, abgemalmt, entzweit von dem Teil seines Körpers, den ich nicht sehen konnte, weil er sich zwischen den Rädern und auf der anderen Seite des Gleises befinden mußte. – Oder auch nicht, denn da lag, ganz in der Nähe des Stücks Oberkörper, ein einzelner, hosenbeinloser

Unterschenkel ohne Schuh; nur eine graue Socke war an den Zehen des zur Seite gedrehten Fußes hängengeblieben. Noch immer schien die Sonne, und große, vereinzelte Schneekristalle fielen hinab auf den halben Toten und die aus seiner zerrissenen Steppjacke quellenden Nylonwatteflocken, mit denen der Wind spielte.

Es verging eine Zeit von vielleicht fünf, vielleicht fünfzehn Minuten, bis der Zugbegleiter über die Lautsprecheranlage mitteilte, daß wir »wegen eines Selbstmordes, äh, Freitods« nicht weiterfahren könnten. Nach möglicherweise nochmals fünf Minuten erschienen drei Zivilbeamte, die mit einer Art Zollstock den Bremsweg vermaßen, und dann erst brachte ein Eisenbahner ein paar Feldsteine und eine Plastikfolie. Väter legten ihren heulenden Kindern die Hände über die Augen, Schlipsträger mit Aktenköfferchen umzingelten die beiden Kartentelefone, ausdruckslose, käsige Frauengesichter verschwammen im Zigarettenrauch.

Auf der andern, zum Wittenberger Bahnsteig gelegenen Seite des IC, kam, von dessen Anfang her, gesenkten, kahlen Kopfes, die Schirmmütze vor sein Geschlecht haltend, ganz allein ein hochgewachsener, tintenblauuniformierter Mann langsam wie ein Schlafwandler die Schwellen entlanggelaufen. Der, dachte ich, kann nur der Lokführer sein, und ein anderer Lokführer fiel mir plötzlich wieder ein, einer, den ich ein Jahr lang vollkommen vergessen hatte. Mit dem hatte ich von München bis Berlin im selben Abteil gesessen. Er war aus dem Osten und noch nicht so alt; er hatte ein rotes volles Gesicht – und er weinte. – Über seinen »dämlichen Sohn«, sagte er. Ich gab ihm eine Zigarette, er mir ein Bier; die Fahrt war lang, sein Herz schwer, sein Talent zur freien Rede beachtlich. Irgendwann fragte ich ihn, ob es ihm denn auch passiert sei, im ganzen langen Lokführerleben. Er wußte sofort, was ich meinte. »Ja«, sagte er, »zweimal, und das eine, letzte Mal eben nicht.« Das erste Mal sei ein Unfall gewesen; den betrunken strauchelnden Arbeiter einer Gleisbaukolonne habe er erwischt. »Der nächste war eine Frau. Sie stand vor einem Gartenzaun am Bahndamm und hat sich stocksteif auf das Gleis fallen lassen, als meine Lok noch zehn Meter von ihr weg war. Es gab wieder eine Woche Sonderurlaub, dann ging's zurück auf den Bock. Bei Betriebsfesten haben wir uns an verschiedene Tische gesetzt, die Jungfräulichen an den einen, wir an die zwei anderen.« Aber das letzte Mal, das, bei dem nichts passiert sei, weil er einen leeren Güterzug gefahren habe, der sich tatsächlich früh genug habe bremsen lassen, das sei schon auch schlimm gewesen. »Ich sehe ihn noch daliegen, in seinem beschissenen, feierlichen schwarzen Anzug. Als der Zug stand, kam alles wieder hoch, der Kollege vom Gleis, die Frau. – Ich kriegte so die Wut, ich mußte aussteigen und ihn vermöbeln, bis er ›Mama‹ schrie. Was soll ich dir sagen? Einen Monat später hat er mich verklagt wegen Körperverletzung. Zwei Jahre gab's dafür, zur Bewährung ausgesetzt. Deshalb bin ich seit sechs Wochen im Vorruhestand, mit den gerade mal dreiundfünfzig Jahren, die ich gestern alt geworden bin, bei den neuen bayrischen Schwiegereltern von meinem dämlichen Sohn.«

DIE ENTE IN DER FLASCHE

Am 22. 12. 1995, acht Tage vor *seinem* »Tod in Berlin«, besuchte ich den Dramatiker Heiner M. im Münchener »Krankenhaus rechts der Isar«. Wir saßen an einem Tisch der Cafeteria, die immer dicht besiedelt war von nicht gerade blühend aussehenden Menschen in Jogginganzügen und Bademänteln, weil man innerhalb des Klinikgeländes nirgends sonst als dort zum Wucherpreis eine Sorte eines schwach alkoholischen Getränks, nämlich Piccolo-Portionen des Sektes »Mumm«, bekommen und rauchen konnte.

Heiner war jedesmal gekleidet, als wolle er gleich gehen, an jenem Tag in Trenchcoat, Wolljackett, Schal und einen viel zu großen, schwarzen Chenille-Pullover, aus dem er, mit den von den Brillengläsern noch vergrößerten Augen, den nun scharf hervortretenden Konturen der Nase in seinem blaß und mager gewordenen Gesicht, herausschaute wie ein Geierjunges. Wir sprachen wenig; es gab große Pausen zwischen Heiners einsilbigen Fragen, auf die ich mich dankbar stürzte, und meinen bemüht lustigen Antworten.

Irgendwann, ich glaube, bei Heiners zweitem und meinem dritten Piccolo, redete ich von einem Freund, der eine Geschichte erzählt hatte und bald darauf gestorben war.

Wann? fragte Heiner.

Ich sagte ihm, daß Harry, den Heiner nur flüchtig kannte, schon seit zwei Jahren tot ist, und erzählte, wie ich Harry im Krankenhaus besuchte und wie der, da er nicht mehr lesen und nicht mal mehr fernsehen wollte, mich aufgefordert hatte, ihn mit Geschichten zu unterhalten, bis ich eines Tages keine mehr wußte und zu ihm sagte: Nun habe ich dir schon so viele Geschichten erzählt, jetzt bist du aber auch mal dran. Ich kenne doch nur eine einzige Geschichte, sagte Harry. Und dann, sagte ich zu Heiner, erzählte mir Harry folgende Geschichte, eine ZEN-Geschichte, die Harry, wie er betonte, im Knast von seinem Karate-Lehrer, einem taiwanesischen Dealer, gehört hatte. Ich will versuchen, sagte ich noch zu Heiner, die Geschichte genauso wiederzugeben, wie Harry sie erzählt hat.

Da waren mal ein Meister und sein Schüler. Der Meister hatte sich diesen Schüler, wie das die vagabundierenden ZEN-Meister so machen, von der Straße gegriffen. Vielleicht war's ein Waisenjunge; jedenfalls war der wohl froh, daß sich einer für ihn interessierte, wich dem Meister nicht mehr von der Seite und wurde, da er kräftig, geschickt und intelligent war, der liebste Schüler, den der Meister je hatte. Es war wunderbar, sie bettelten, übten Kung-Fu und Yoga und schliefen nachts in ihren beiden kleinen Zelten.

Eines Morgens nun, als der Schüler gutgelaunt aus seinem Zelt krabbelte, erblickte er den Meister, der in Lotus-Position hinter einer auf den ersten Blick stinknormal aussehenden, hellgrünen, eng- und langhalsigen Zwei-Liter-Flasche saß. Doch was war das?! In der Flasche befand sich eine lebendige Ente mit Flügeln, Füßen, Schnabel.

Was für eine Sorte? fragte Heiner.

Ja, was weiß ich? sagte ich, wahrscheinlich so eine Weiße, wie sie überall herumlaufen.

Hm, sagte Heiner, in Asien?

Ist ja jetzt egal, sagte ich und erzählte weiter.

Ungewohnt streng schaute der Meister seinen Schüler an und fragte: Was meinst du, wie konnte die Ente in diese Flasche kommen? Der Schüler beäugte die Flasche von allen Seiten; die Ente darin flatterte und schnatterte. Meister, sagte der Schüler, ich kann nichts dafür, ich war's nicht, ganz bestimmt nicht, ich habe nichts damit zu tun, ich ... Der Meister ließ seinen Schüler nicht zu Ende reden, im Gegenteil, er tat etwas, was er noch nie getan hatte, wenigstens nicht mit diesem, seinem Lieblingsschüler. Er packte ihn am Hemd, zog ihn hoch, boxte ihm in den Magen, schlug ihm ins Gesicht, wieder und wieder; endlich ließ er ihn wie einen Sack voll nasser, fauler Sojabohnen in den Staub plumpsen und ging davon. Der Schüler kroch in sein Zelt, wo er lange bitterlich weinte, vor Schmerz – und vor Kummer auch. Was war mit seinem sanften Meister passiert? Wie war der zu dieser Flasche gekommen, und wie die Ente in sie? Der Schüler versuchte, die Sache zu begreifen, doch bald schlief er erschöpft ein.

In der grauen Morgendämmerung erwachte der Schüler aus einem bösen Traum, rieb sich die Augen, krabbelte ins Freie, weil er pissen mußte. Wer aber saß da, genau zwischen des Schülers und seinem eigenen Zelt, hellwach und baumgerade hinter der Flasche mit der leise schnatternden Ente? Der Meister natürlich. Na was, weißt du jetzt, wie die Ente in die Flasche gekommen ist? rief voller Hohn der Meister. Meister, stammelte der Schüler, ich habe nachgedacht und überlegt, gegrübelt und meditiert; vielleicht hat ein anderer Meister, ein größerer noch als du, womöglich ein Glasbläser aus dem Cinjiang-Kloster, die Flasche mit seinen geschickten Lippen um die Ente herum ... Wieder ließ der Meister den Schüler nicht ausreden, schüttelte, trat und prügelte ihn, so derb und ausdauernd, daß der arme Schüler schließlich ohnmächtig niedersank.

Und die Ente, unterbrach mich Heiner, wieso lebt die noch?

Enten sind zäh, sagte ich. Außerdem wird der Meister ihr was zum Fressen in die Flasche geschüttet haben, Kekskrümel oder Regenwürmer oder so was.

Hm, sagte Heiner, und ein bißchen Wasser zum Saufen und Schwimmen?

Aber ich ging nicht mehr drauf ein, obwohl mich Heiners Interesse gerade an der Ente nicht wenig erstaunte, denn ich hatte bislang nie eine besondere Tierliebe bei ihm bemerkt, und erzählte weiter.

Als der Schüler wieder zur Besinnung kam, war der

Meister nirgends zu sehen. Aus hundert Wunden blutend, mit mindestens zwei gebrochenen Rippen, vor Leid fast bewegungsunfähig, schleppte sich der Schüler zu seinem Zelt und konnte weder denken noch einschlafen. Eine zeitlose Ewigkeit klebte er schluchzend an der harten Bambusmatte. Es gab nur eine Erklärung: Sein Meister war dem Wahnsinn verfallen. Und nur eine Lösung: So schwer es ihm auch fiel, nicht nur wegen der Verletzungen, er mußte weg von diesem tobsüchtig gewordenen Meister, und zwar augenblicklich. Also packte der Schüler seine sieben Sachen und wollte auf unhörbaren Zehen entweichen. Doch kaum hatte er den Kopf hinausgestreckt in die sternlos-stockfinstere Nacht, da krallte auch schon eine Hand nach dem Halsausschnitt seiner verschwitzten Jacke; es war die Hand des Meisters, wessen sonst.

Ach so, keifte wie eine alte Hexe der Meister, du willst dich verkrümeln, du undankbarer, törichter Nichtsnutz? Aber vorher, du dümmster Schüler, den ich je hatte, löst du noch deine Aufgabe. Also, was ist? Wie kam die Ente in die Flasche? Meister, sprach mit halberstickter Stimme der Schüler, du bist nicht länger mehr mein Meister, denn du hast einen Sprung in der Reisschüssel. Ich lasse mich von dir nicht totschlagen. Es ist mir scheißegal, wie die blöde Ente in die Flasche gekommen ist; ich hau jetzt ab! Der Meister ließ den Schüler los, doch nur, um ihn im nächsten Moment fest in seine Arme zu schließen. Mein lieber Schüler, sagte er leise und ergriffen, du hast aber diesmal lange gebraucht. Es tat auch mir weh, daß ich dich so verhauen mußte, damit du es endlich kapierst. Nun wird alles wieder gut.

Das, sagte ich zu Heiner, ist die ganze Geschichte.

Hm, sagte Heiner, und die Ente?

Die Ente, die Ente, die Ente, sagte ich. – Was willst du bloß immer mit der Ente?! Das ist ja der Trick bei diesen ZEN-Geschichten, die ist gar nicht wichtig; nur zum Schein wird die Aufmerksamkeit auf die Ente gelenkt.

Hm, zum Schein, sagte Heiner; was für ein Schein? Mondschein, Geldschein ...?

Du hast die Geschichte doch verstanden? fragte ich ihn. – Ich meine, in *dem* Sinne, daß die ZEN-Geschichten alle eine Pointe haben oder eine Lehre.

Hm, ich denke schon, sagte Heiner, aber sag erst mal du.

Ich, sagte ich, habe die Geschichte damals nicht verstanden, und Harry konnte ich ja nicht mehr fragen. Mir ging es wie diesem Schüler, ich dachte auch nur darüber nach, wie die Ente in die Flasche gekommen sein könnte. Aber warum das am Ende plötzlich völlig unwichtig ist, das begriff ich nun gar nicht. Irgendwann habe ich mir das Buch der ZEN-Geschichten – ich glaube, es waren zweiundneunzig, – besorgt und die mit der Ente herausgesucht; wenn ich mich nicht irre, war es die einundzwanzigste. Und hinten in dem Buch fand ich dann die ZEN-genaue Auflösung.

– Warte mal, das ging etwa so: Die Erkenntnis ist das Wichtigste im Leben dessen, der nach Erleuchtung strebt. Er soll seinen Lehrer, der ihm erkennen hilft, achten, ehren und respektieren, auch wenn er den Lehrer einmal nicht versteht. Doch keine Erkenntnis, nicht einmal die größte, und kein Lehrer, selbst der beste nicht, sind es wert, daß man sich *für* sie oder *von* ihm demütigen, mißhandeln oder gar umbringen läßt.

Hm, sagte Heiner, gute Geschichte, wirklich. – Trotzdem, wenn der Schüler beim letzten Mal, als er den Meister verlassen wollte, wenigstens die Flasche zerschlagen hätte, für die Ente, damit die weg gekonnt hätte von diesen beiden Idioten, dann wäre sie noch besser.

Einzelne Texte wurden in früheren Fassungen veröffentlicht in der ZEIT, dem ZEIT-Magazin, den Berliner Seiten der FAZ, der Süddeutschen Zeitung und den Anthologien »Wenn der Kater kommt« (herausgegeben von Martin Hielscher, Köln 1996), »Berlin zum Beispiel« (herausgegeben von Sven Arnold und Ulrich Janetzki, München 1997), »Transformationen« (herausgegeben von Kurt Drawert, 1998) und »Moskau-Berlin. Stereogramme« (herausgegeben von Tilman Spengler, Berlin 2001).

Katja Lange-Müller
Vom Fisch bespuckt

Neue Erzählungen von
37 deutschsprachigen Autorinnen und Autoren

Gebunden

Die Gattung ist das Thema: Katja Lange-Müller hat eingeladen die Erzählung zu feiern, und siebenunddreißig deutschsprachige Autorinnen und Autoren sind ihrem Ruf gefolgt. Entstanden ist ein Kompendium gegenwärtiger Erzählkunst.

Texte von: Aigner, Altwasser, Bonné, Dückers, Einzmann, Filipovic, Gerstenberg, Grack, Granzow, Gundermann, Hesse, Hermann, Klischat, Th. Krämer, H. Krämer, Krechel, Kummer, Magnusson, Meißner, Mora, Oskamp, Orths, Owen, Pehnt, Popp, Rautenberg, Roß, J. Schmidt, K. Schmidt, Schöpp, Stelling, Strobel, Strubel, Titze, Wagner, Weigt, Zähringer.

www.kiwi-koeln.de
VERLAG
KIEPENHEUER
& WITSCH

Katja Lange-Müller
Die Letzten

Aufzeichnungen aus Udo Posbichs Druckerei

Gebunden

Eine Frau und drei Männer am Rande der Gesellschaft, tickende Zeitbomben in Menschengestalt, bilden die Belegschaft von Udo Posbichs privater Druckerei im Ostberlin der 70er Jahre. Der erste Roman der Berliner Schriftstellerin Katja Lange-Müller ist ein Meisterwerk des lakonischen Humors und der sprachlichen Präzision.

»Katja Lange-Müller gelingt etwas, das mir als Vorhaben aussichtslos erschienen wäre: Ohne Überzeichnung oder Leidensmiene, dafür mit Genauigkeit und mit Teilnahme von einem vergangenen Beruf und Milieu zu erzählen und die Leser zwischen Lachen und Gänsehaut im Gleichgewicht zu halten.« *Ingo Schulze*

www.kiwi-koeln.de VERLAG KIEPENHEUER & WITSCH

Katja Lange-Müller
Verfrühte Tierliebe

Gebunden

Ein Buch über die Einsamkeit des Erwachsenwerdens,
über Macht und Ohmacht zwischen Männern und Frauen,
aber auch über ein Land, das es seit 1989 nicht mehr gibt.

www.kiwi-koeln.de

VERLAG
KIEPENHEUER
& WITSCH

Katja Lange-Müller
Kasper Mauser –
Die Feigheit vorm Freund

Erzählung
Gebunden

Katja Lange-Müllers Erzählung »Kasper Mauser – Die Feigheit vorm Freund« ist eine Groteske der Entwurzelung in drei Stimmen: Rosa (im Osten lebend) und Anna (nach dem Osten im Westen lebend) und Amica, der vom Osten in den Westen wechselt und unter dem Namen Kasper Mauser vergeblich eine stumme Identität zu verteidigen sucht.

www.kiwi-koeln.de VERLAG KIEPENHEUER & WITSCH